前言

　　这是叶离先生的第二部中国古典诗歌作品选集,记录了他于二零一一年至二零一三年的观、闻、情、理。全书共六篇,总作品数二十九,包括:诗二十三首、词一首、杂言一首、断句四联。其中诗的种类多样,有绝句、律诗、古风、乐府、甚至《诗经》体和白话诗等;语言形式亦囊括四言、五言、七言及六言、杂言等。所有诗歌尽皆配有注释、省谈、杂文和诗歌理论的部分,易于阅读。

　　概言之,即《早归集》系列为统一架构脉络,本《寒琼》可视为上一部《知忆》之续作也。

　　此处只言不同。

1）注释体例不同。本书脚注的释义概括且多元,皆选用《辞海》《辞源》以及《说文解字》《康熙字典》等类书作为参考依据。例句的选择范围也缩小到历朝历代名家的经典诗歌作品。

2）省谈说解不同。省谈中的文字更为大胆,除了应有的错误指正,还涵盖一些写作背景及词汇考据的内容。无旁杂之言,直入主题。

3）文章形神不同。不同于第一本诗集,这里的文章由散文转向了杂文,不再是对诗意境界的叙述,也不再是纤柔的笔触,转而形成了故事、议论、阐发和批评等。话题丰富,但不离原诗。诗歌好像是一剂药引,抽出个维度来,文章便展现出了万千效用,不可不观。

4）诗歌理论不同。本书中讲述的诗歌理论部分已不限于基础知识,还涉及到了历史起源、研究考证和个人成果的部分,论证引用丰富,表述详尽。

5）配图不同。这一次的配图主体选用了摄影师 LeiA 的经典作品,分别以不同的排版形式在书中随机呈现,其与诗歌承相错综,产生灵动的美感。同时,小图会穿插其中,以另一种文化展现创作之美。

6）附录与参考不同。为了个人诗集的全面系统,附录中还收录有叶离先生的其他古典诗歌作品,作为补充,但其并不及精选。参考文献是作者思绪的引路人,较上部诗集来说丰富很多,可供读者深入兴趣,拓展思维。

以上条目,是为说明。

对了,书中还有老汤,这亦是必不可少的部分。

引

我无所述之。

拿起曾经的诗稿，细捡精挑，竟触动了些许滋味。
不同层次、不同意义、不同境遇、不同感受都愿与读之者分享。

寒琼是冷暖。
惊途，曰所闻所见；
赤白，曰忐忑踯躅；
央坻沚，曰若即若离；
杭汴，曰南源北逢；
界内世外，曰乾坤宇宙；
归去，曰春夏秋冬。

这些是情、是态、是识、是知，都蕴谛于诗中。

叶离
二零一七年十月十九日

目录

第一篇　惊途 / 001

第二篇　赤白　/ 039

第三篇 **央坻沚** / 079

第四篇 杭汴 / 121

第五篇 界内世外 / 133

第六篇 归去 / 151

附录

第一篇

惊途

随遇非安，且行且恐。

1.

京夏

京城酷暑难消磨^①，
昼不出门乏^②睡多。
静坐闲书皆是汗，
卷香墨影自婆娑^③。

二零一二年五月五日

---

① 消磨：排遣時光。（唐）鄭谷《梓潼歲暮詩》："酒美消磨日，梅香著莫人。"
② 乏：缺少。（晋）陶渊明《饮酒》："贫居乏人工，灌木荒余宅。"
③ 婆娑：pó suō 形容盘旋和舞动的样子。《诗·陈风·东门之枌》："子仲之子，婆娑其下。"

省谈

· 题目为后起。

· 此诗第二句中"乏"与"多"略感矛盾。另言, 亦有"极度缺眠"故"欲嗜睡"之慨。

· 押韵读音纯凭现代汉语普通话的听觉效果, "磨、多、娑"并无大碍。

· 总觉"书、卷、墨"有冗赘感。

· 说末句的"香"字是孤平大忌。

Nada | José Dames
Carlos Di Sarli | Alberto Podestá 1944

始

我是在 2011 年仲夏进驻北京的，至今已有五年。进驻前后，心情的差别是明显的。如同钱钟书先生的《围城》中所说："里面的人想出去，外面的人想进来。"北京，就是这样一座城。

刚毕业的年轻人常会被北京丰富的资源所吸引，如蜂拥般进了城。灯红酒绿、琳琅满目开始充斥他们的身体，使之往往分不清理想和现实。798 是个艺术的大熔炉，三里屯夜夜笙歌，南锣鼓巷叫卖终日，中关村堆砌着科技进步的残余，国贸总有一种耸入云霄的特质，就连那古老的紫禁城，也无暇清闲，天天承载着万人的脚步。这便是他们眼中的北京。

为此，一进城，挤破头也要弄个户口。说是"自己虽无福消受，但毕竟是为了下一代好"。下一代成长到他们的年龄时，还是否愿意待在北京呢？不可知。不过，人们一代代就是这么过来的。好像听到了出租车上的广播："流动的北京城。"

近年，北京市人口已超过了 2000 万人。不见流动，倒总有停留。什么是停留？我认为，停留是一种无进展：比如等待，比如办事低效率，当然，还有最常见的拥堵。居民怨车多，路却不够宽；政府限车流，限购车，怎能见起色？有点像鲧治洪水，吃力不讨好。

洪水一来，流离失所，百姓叫苦不迭。这种事本不应该发生在北方，谁叫当年的黄河年轻力壮，无处发泄呢？如今，黄河水已经干的差不多了。华北平原从历史上的富庶之乡，变成了缺水的贫瘠之地。北京身居其中，自是脱不了干系。可话说，哪个城市缺水，也不能让北京缺水啊。黄河无望，南水北调直取长江，总算解了燃眉之急。

一日，是 2012 年 7 月 21 日，上天也为北京送水来了。可能是为了解暑，也可能是龙王喝多了，那天北京局部地区的平均降雨量高达 300 毫米以上。瞬间，京城就有了"东方威尼斯"的美誉。曾经挤满道路的汽车都乖乖躲回家去了。是没有交通拥堵了，改名作"交通瘫痪"。汽车疏不通，水也疏不通。有的地铁口都遭受了雨水倒灌，我竟从中学到了那高出地面的三五节台阶是多么的重要。

据说,故宫好像没事。

即便如此,人们第二天仍然匆忙的赶在上下班的路途中,看着手机新闻,思考着今日工作。北京飞快而紧张的节奏一如既往,并重复到以后。

我亦无甚大改变,当时疲于奔命,现在同样如此。就像北京每年固有的夏季:总热出一身臭汗。

Vida Mia
Osvaldo Fresedo | Roberto Ray 1933

Ⅰ.

诗话、词话

先有创作，后有评论。故先有诗，后有诗话。词话亦同。

诗话，指以随筆體裁評論詩句，或辨析诗法，或記載诗人事蹟的书。它是论诗之体，有鉴赏、有批评。诗话肇始于南朝梁代钟嵘的《诗品》，成于北宋欧阳修的《六一诗话》。词话，则是对词的评注记述类作品。

后世著名诗话、词话或综合作品有：

（晚唐）司空图《二十四诗品》；

（南宋）严羽《沧浪诗话》；

（清）袁枚《随园诗话》；

（晚清）况周颐《蕙风词话》；

（晚清）陈廷焯《白雨斋词话》；

（近代）王国维《人间词话》；

（现代）朱光潜《诗论》；

（现代）钱钟书《谈艺录》。

读之，有助于解诗。有的，更会增强诗歌理论的系统性。

Ataniche | Ernesto Ponzio
Juan D'Arienzo 1936

Rue
——LeiA 摄影

2.

日途

世人早起皆奔忙，

不辞辛苦不寻常①。

年少读书赶考场，

年壮尽做嫁衣裳②。

时至古稀③方悔恨，

却无酣④梦枕书香。

二零一二年五月十三日

---

① 寻常：平常，普通。（唐）劉禹錫《烏衣巷詩》："舊時王謝堂前燕，飛入尋常百姓家。"
② 衣裳：古時上衣稱衣，下裙稱裳，故衣服合稱為"衣裳"。（北宋）苏轼《浣溪沙》："香在衣裳妆在臂，水连芳草月连云。"
③ 古稀：称人年七十。（唐）杜甫《曲江》二首之一："酒債尋常行處有，人生七十古來稀。"
④ 酣：hān《说文解字》："酒乐也。"引申为睡眠甜浓。（唐）李白《宣州谢朓楼饯别校书叔云》："长风万里送秋雁，对此可以酣高楼。"

省谈

・题目为后起。

・此诗属七言古体,不拘平仄。欲按乐府语式,稍有相似。

・本诗有未完之感。

Bajo el Cono Azul | Alfredo De Angelis 1943
Orquesta Tipica Victor | Alberto Carol 1944

常

　　"嫁衣裳"这个词,我第一次见到是在读《红楼梦》的时候:这第一回中甄士隐为《好了歌》做了注。

　　《好了歌》注

　　陌室空堂,当年笏满床;
　　衰草枯杨,曾为歌舞场。
　　蛛丝儿结满雕梁,
　　绿纱今又糊在蓬窗上。
　　说什么脂正浓,粉正香,
　　如何两鬓又成霜?
　　昨日黄土陇头埋白骨,
　　今宵红灯帐底卧鸳鸯。
　　金满箱,银满箱,展眼乞丐人皆谤。

正叹他人命不长，那知自己归来丧！

训有方，保不定日后作强梁。

择膏粱，谁承望流落在烟花巷！

因嫌纱帽小，致使锁枷杠，

昨怜破袄寒，今嫌紫蟒长：

乱烘烘你方唱罢我登场，

反认他乡是故乡。 甚荒唐，

到头来都是为他人作嫁衣裳！

——（清）曹雪芹《红楼梦》

第一回　甄士隐梦幻识通灵　贾雨村风尘怀闺秀

这末句即是"嫁衣裳"。我曾想，说"嫁衣"不就足够了，何必再加个"裳"字？估计是为了押韵。就算不是，古时"衣裳"也要比"衣"来得全面，上身下身都包括了。结果还是"嫁衣裳"，真是"帮人帮到底，送佛送到西"呀。

在古时中国人的价值观里，如"做嫁衣"般的职业多是不受人待见的。这些职业主偏服务业，比如工匠、店员、郎中、戏子（如今的演员貌似已成功翻身）。一旦你的工作是伺候人的，那必定没什么地位，就像大家族里的佣人，每日恭敬不说，除了担心饭碗外，若遇到不好的主子，还会有性命之危，端茶倒水早已司空见惯了。那么，相较之下，什么样的人物地位高？当然是管人咯。这就是莘莘学子十年寒窗后都要挤破头入仕的原因。范进中举不就将此象描绘的淋漓尽致了吗？官僚的弊漏绵延不绝，使中国文化存在了一些崇尚权力的瑕斑，反而，商业从来不受重视。经商所换的正当所得，若居官掌权，亦随便得之。这样一来，人与人之间的地位差距愈发加大，做嫁衣的怎会如穿嫁衣的？看看这市井奔忙的众生们，可否在价值观歪曲的社会中找寻到自己的一条通衢呢？

这甄士隐在开悟之前，跛足道人好像给出了说法。

好了歌

世人都晓神仙好，惟有功名忘不了！
古今将相在何方？荒冢一堆草没了。
世人都晓神仙好，只有金银忘不了！
终朝只恨聚无多，及到多时眼闭了。
世人都晓神仙好，只有娇妻忘不了！
君生日日说恩情，君死又随人去了。
世人都晓神仙好，只有儿孙忘不了！

痴心父母古来多，孝顺儿孙谁见了？

——（清）曹雪芹《红楼梦》

第一回　甄士隐梦幻识通灵　贾雨村风尘怀闺秀

　　话说，读到此歌，倍感消极。既然聚后皆散，生者终逝，那奋斗又有何益？人们总是在历史的长河里忙忙碌碌，但也许正是这些忙碌，才让人类有着进步。不仅是物质条件的提高，更是思想上的深广。随后，人们又在为了追求这两点而继续忙碌了起来。

Mala Junta | Julio De Caro，Pedro Laurenz 1927
Osvaldo Pugliese 1943

3.

句一

闭关①修炼②此门中③,走火入魔自不同④。

二零一二年六月一日

---

① 闭关:修行者用一段特定的時間獨自關閉在一個場所内辛勤修行。(唐)李白《驾去温泉后赠杨山
  人》:"自言管葛竟谁许,长吁莫错还闭关。"
② 修炼:鍛鍊修養。修習道家煉丹、煉氣之術。(唐)吕巖《憶江南·治生客》:"勸君修煉保尊年,不久
  是神仙。"
③ 此门中:(唐)崔护《题都城南庄》:"去年今日此门中,人面桃花相映红。"
④ 自不同:(宋)黄庚《杂咏》:"人无气节何足道,腹有诗书自不同。"

省谈

· 在古诗中,两句可称一联。若称联句,需要出句和对句有对仗关系,且不止于一人所作;若无对仗,仅是上下句的话我习惯称其为断句。断句在古时又或指绝句。这些概念本身并不精确,拿来用时,意思明了即可。本书里这种两句一联的作品还有很多,我统称为断句。

· "走火入魔"简说。

1) 大家初次听得"走火入魔"一词,多源于武侠。金庸的作品中有,古龙的作品中亦有。梁羽生就曾在小说《狂侠天骄魔女》之一一九回中引用作标题:"勾心斗角成何用 走火入魔悔已迟"。

2) 如今之"走火入魔"似专指武侠术语,意思是:修炼者在习就武功时,因违背一些因素如气功效应、环境状态、身体限制、心理趋势等,而引起的关乎自身个体的障碍及异常,这多涉及到身心双重的损害。

3) 现实中的"走火入魔"实为两词:"走火"与"入魔"。创作者利用文学手法将其合二为一,并写入作品里,赋予语境意义。有考究的第一出处当属《红楼梦》：高鹗在所补第八十七回中，标题分写作："感秋声抚琴悲往事　坐禅寂走火入邪魔"。若这里的"邪"字只是为了回目对仗而增加的话，正文中则有着等字数的引用，虽然顺序搭配略有调整。（大夫道："这是走魔入火的缘故。"众人问："有碍没有？"大夫道："幸亏打坐不久，魔还入得浅，可以有救。"）

4）走火：本指"失火"。清代著名评话说唱人石玉昆曾在《三侠五义》中有所引用，第三回："只看东南角上一片红光，按方向好似金龙寺内走火。"20世纪，"走火"一词主要用作枪支或电路的使用不当。

5）"入魔"如今有两种解释：一指误入邪道；二指专注迷恋於某事物，以致失去理智的地步。

6）"入魔"一词，实源于佛教。在佛教中，修行正确者，最终得无上正等正觉；修行偏离者，即落入邪魔外道。佛教一向认为除己之外的任何修行解脱皆是外道。入魔也称着魔或著魔，《大佛顶首楞严经》中对其叙述得最为详尽。魔按五蕴分出，色、受、想、行、识各有十魔，共五十种阴魔咒。以上当为"入魔"之滥觞。

7）后人将"走火"与"入魔"搭配后使用，多因对仗、成语等文法原因，且读之顺口，故此处不再分述。如今其既成一词，含义遂随使用人群而变化引中。

修

  通常事物无论大小，人们总习惯于将其一分为二。白天可分上午、下午；夜晚可分前夜、后夜。这"上、下""前、后"之词，正好完整诠释了事物的发展过程。言上言前者，是开始的部分，我们从 0 到 1，让事物流动起来；说下说后者，是结束的部分，事物逐渐趋于终点，结果亦当彰显。

  开始与结束，这看似相等、相对、相辅相成的两个部分，实际有着很大差异。一分为二后的前者，往往显得漫长，代表了过程，代表了持续；而后者则走向完成，代表结果，显得短暂，很快就结束不见了。我们能有如此感受，多是由于前者在为后者服务的缘故。前者的出现是为了导向后者；后者的存在，又好像是依托于前，才有了意义。这类似于：经历过程，以待结果。

  大部分人们是为了结果而行事的。学子的十年寒窗苦读，是为了金榜题名；僧道的终日修行历练，是为了佛仙正果。倘若果之不存,何以为始呢?

借得此理,竟有了人类的努力。

努力的方向分两种:一是正道,代表成功;一是邪道,代表失败。努力的方式也有两种:主动的努力和被动的努力。以上这些,全然发生在"上"和"前"的部分里。

如何确定主被的难度,其实远低于如何分正邪。对于正邪的判断,常常自己说了不算,是外界环境决定的。然而外界环境又经常变化,导致正邪也经常变化,人们便眼花缭乱了。主被则容易得多,能控制好自己内心的人都能在主被上游刃有余。积极向前即是主动的,消极强迫当然是被动的。人类历史上成功的例子大多来源于主动,是由内心生发出的努力。总是在鞭策下的人们必然效率低下;若再被限制还会引起他们的叛逆之心,肯定得不偿失了。

世人都在辛辛苦苦拼死拼活,那不是努力只是劳动,所谓努力是指主动而有目的的行动。

——(日)村上春树《挪威的森林》

也许闭关是个好方法,且不说它是否够得上努力一词,但它有助于全神贯注一定是真的。记得 Warren Buffett 和 Bill Gates 在一次会面中,互为对方写了一个词来作为建议或印象。他们英雄所见略同的都写了"Focus"，可见专注是多么的重要。万法皆有门，通向这道门的第一条路估计就是专注吧。"专注"是做好事物前半部分的核心。

至于后半部分的结果，好的我们就不谈了，倒是可以说说不好的。这不好的结果在佛教中称之为魔、魔道。谁说你在修行时就一定能得正等正觉呢？《大佛顶首楞严经》中关于入魔之境叙述的极为详细，五蕴皆有涉及，共五十种之多，真是生怕众生跌入此中啊。同时，这魔境的缤纷多样也是蔚为大观，每一条路都可能走向颠覆。正如人们常说，成功之途仅有一条，失败之径却不可胜数。

其实，种种彼端，都是由此处的径路所引去的，只是各有不同罢了。

Malena
Lucio Demare | Juan Carlos Miranda 1942

4.

涕泪①飞横千卷纸,朦胧②三日不识君。

二零一二年五月二十九日

---

① 涕泪:鼻涕眼泪。用以表示情緒激昂、涕泗縱横的樣子。(唐)杜甫《闻官军收河南河北》:"剑外忽传收蓟北,初闻涕泪满衣裳。"
② 朦胧:月色昏暗的樣子。不清楚、模糊。(唐)來鵠《寒食山館書情》:"蜀魄啼來春寂寞,楚魂吟後月朦朧。"

Penser-02
——LeiA 摄影

省谈

· 你说谁没个感冒发烧啥的。

· 将"横飞"倒说，由动至静。

Todo Corazón | Julio De Caro 1921
Francisco Canaro 1936

5

窗外望雨后初晴

京城三載月華①真，
棄夢緣心滿玉痕②。
一片驚雷夾驟雨，
蒼天亦是有情人。

二零一三年六月五日

---

① 月華：月光。〈唐〉張若虛《春江花月夜詩》："此時相望不相聞，願逐月華流照君。"
② 玉痕：泪痕。〈唐〉张文琼《昭君词》："玉痕垂粉泪，罗袂拂胡尘。"

省谈

· 这首诗带去的初步印象如读苏轼的《饮湖上初晴后雨》，但全无其中的词精意奇之美。"淡妆浓抹总相宜"的估计是苍天在惊雷骤雨后的催人泪下。

· 这里的"缘心"在佛学中指攀缘事物之心。

Por Una Cabeza | Carlos Gardel
Terig Tucci | Carlos Gardel 1935

情

　　情是诗人的常规概念，重在有，而非无。

　　在这众多的"有情"之中，最著名者还是莫过于"天若有情天亦老"之句，连毛泽东都引用过。苍黄的战争之下，天若有情，慷慨人间，早已说不清其中的滋味了。

　　我于此亦做了相应尝试，没想到说的啰嗦了。无非是希望人之于天得寄，天之于人而惜。对话之处，相互照映一下，也没别的什么了。毕竟不如古人的故事。

　　最早此句的出现，据我所知是读自唐代李贺的《金铜仙人辞汉歌》。

金铜仙人辞汉歌

（唐）李　贺

魏明帝青龙元年八月，诏宫官牵车西取汉孝武捧露盘仙人，欲立置前殿。宫官既拆盘，仙人临载，乃潸然泪下。唐诸王孙李长吉遂作《金铜仙人辞汉歌》。

茂陵刘郎秋风客，夜闻马嘶晓无迹。
画栏桂树悬秋香，三十六宫土花碧。
魏官牵车指千里，东关酸风射眸子。
空将汉月出宫门，忆君清泪如铅水。
衰兰送客咸阳道，天若有情天亦老。
携盘独出月荒凉，渭城已远波声小。

如果作者本人即是金铜仙人的话，这将行未行，欲离难离的处境可怎生道来？兰有衰枯之日，苍天却日出月没，光景常新。倘若天有情则恨老如逝，离散自悲。李贺的心里或许会好受点。然而正是这沉郁的情怀，带来了被及后世的深远辽阔。

同样的上下句，贺铸竟全盘引用：

行路难
（宋）贺　铸

缚虎手。悬河口。车如鸡栖马如狗。
白纶巾。扑黄尘。不知我辈，可是蓬蒿人。

衰兰送客咸阳道。 天若有情天亦老。

作雷颠。 不论钱。 谁问旗亭，美酒斗十千。

酌大斗。 更为寿。 青鬓常青古无有。

笑嫣然。 舞翩然。 当垆秦女，十五语如弦。

遗音能记秋风曲。 事去千年犹恨促。

揽流光。 系扶桑。 争奈愁来，一日却为长。

　　李白曾在《南陵别儿童入京》的末句说："仰天大笑出门去，我辈岂是蓬蒿人！"贺铸却在这里自问，一种彷徨苦闷的情态如见。后又借天若有情抒之，真是不遇者奔走风尘，困厄极致。豪放风骨之下，婉约之句只能倍显悲凉。

　　其实仅是一句便好，无须前面的铺垫，大家们都晓得天之情，人之劳。这点在北宋词人身上绝对更胜一筹。先有晏殊：

喜迁莺·花不尽

（北宋）晏　殊

花不尽，柳无穷。 应与我情同。

觥船一棹百分空。 何处不相逢。

朱弦悄。 知音少。 天若有情应老。

劝君看取利名场。 今古梦茫茫。

后有欧阳修：

减字木兰花
（北宋）欧阳修

伤怀离抱。 天若有情天亦老。
此意如何。 细似轻丝渺似波。

扁舟岸侧。 枫叶荻花秋索索。
细想前欢。 须著人间比梦间。

　　为了适配词牌，晏殊作了文字上的微调。"应老"好像是
就该如此，顺理成章。"亦老"则有点不太情愿，像是同情人
生才有的举动。天，怎生有情，竟成了人这般模样。

万俟咏后又说：

忆秦娥
（宋）万俟咏

千里草，萋萋尽处遥山小。

遥山小，行人远似，此山多少？

天若有情天亦老，此情说便说不了。
说不了，一声唤起，又惊春晓。

　　此情将与谁说，却又说不了。情，果真如此吗？情永恒，
人则老；情永恒，天亦老。情是连接着人与世间的纽带，所以
佛学中言道：一切有情。有情代指世间万物，又将情赋予了
世间万物。人终究不能离开世间，而世间也一直有情。

A Pan y Agua｜Juan Carlos Cobián 1919
Ángel D'Agostino｜Ángel Vargas 1945

Ⅱ.

平仄

　　平仄，是中国古典诗歌中特有的概念，其用来规则汉语的声调。这里，"平"指平直，"仄"指曲折，都是针对汉字的发音本身而言的。古汉语有四声：平、上、去、入，带给人们不同的感受。传统认为：平声是平调，发音平缓；上声是升调，发音先弱后强；去声是降调，发音顺势坠下；入声是短调，发音急促，有阻塞的停顿。古时的文献中，有很多关于四声状态的描绘，如：

　　　平声哀而安，上声厉而举，去声清而远，入声直而促。

——（唐）释处忠《元和韵谱》

平声平道莫低昂，上声高呼猛烈强，去声分明哀远道，入声短促急收藏。

——（明）释真空《玉钥匙歌诀》

然后，我们将四声分为两大类，平声即归为平；上声、去声、入声都归为仄。这就是我们中国古诗词中"平仄"的具体定义。按照汉字的起源，我们更好解释："平"就好像一根平直的线，或者像是水平面，《说文解字》中释义为"語平舒也"，指平声发音没有起伏；仄在《说文解字》中的本义是"倾斜也"，可见上、去、入都是有此感觉的声调：曲折、短促、不平。

近体诗的平仄讲的都是上述的中古调类。

平仄并非自古不变，语言始终是随着人类的进步而不断演化的。按文献考证，四声约最早提出于南北朝时期。陈寅恪观点，四声是按印度三声说发展而来，由周颙，沈约等用完全归纳法归纳出四声，后经王融，刘韬，元竞等人用不完全归纳法完成四声二元化，就诞生了平仄。

到了元代，北方汉语语音体系和南方相比已有了明显差异，入声的遗失便是其中之一。关于这些变化，可归纳引用为以下文字：

平分阴阳，浊上归去，入派三声。

——（元）周德清《中原音韵》

分别解释为：

1）平声分作阴平和阳平两声。全清次清字归入阳平，全浊次浊字归入阴平。

2）全浊声母的上声字变成去声字。

3）入声消失，将其归入平声、上声及去声中。具体为：全浊归阳平，次浊归去声，清音归上声。

现代汉语普通话即建立在北方方言的体系之上，其以北京话为基础，没有入声，完全不同于南方各地的方言。其四个声调的特点：阴平声是一个高平调（不升不降叫平）；阳平声是一个中升调（不高不低叫中）；上声是一个低升调（有时是低平调）；去声是一个高降调。所以，普通话的平仄规律为：一声（阴平）、二声（阳平）属平，三声（上声）、四声（去声）属仄。

所以，自元代至今，北方的语音体系已稳定发展有八百余年。其入声的日久渐失，是北方的汉文化演变所致。黄河流域以北自古与少数民族相近，草原千里，大漠万丈。北宋时有辽代契丹人，南宋时有金代女真人，后来蒙古帝国更是南下入侵中原。胡汉相融，文化结合，语言自然在变化。汉语发音系统逐趋于游牧民族的粗犷豪放，尽弃婉转细腻，故入声没；阳平也呈低起上扬之势，已无高音平起平收之原味。唯南方之粤、闽，及湘、赣、吴之局部，加之客家语等尚余唐宋声韵，是为一叹。

不妨以粤语九声举例，列表如下：

粤语九声

声调	阴平	阳平	阴上	阳上	阴去	阳去	阴入	中入	阳入
汉字举例	诗	时	史	市	试	事	色	锡	食
	因	人	忍	引	印	刃	壹	(噎)	日
	分	焚	粉	愤	训	份	忽	一	佛

注：（一）表示有音无字。

四声已如此复杂，那为何在古典诗词中又要将汉字语音再分为平仄呢？因为在古汉语中，平声是相对没有升降的，发音较长；而仄声（其他三声：上、去、入）是有着微升或微降的，发音较短。如果让这两类声调在诗句中交替排列，那就能使声调变化多样，长短有序，铿锵有力。有规律且朗朗上口的声音系统是诗歌不可或缺的因素。

诗句中平仄的排列方法多是以两字为单位，相邻相隔的。具体例子，在近体诗中屡见不鲜。如：

早发白帝城

（唐）李　白

朝辞白帝彩云间，千里江陵一日还。
平平仄仄仄平平，仄仄平平仄仄平。
两岸猿声啼不住，轻舟已过万重山。
仄仄平平平仄仄，平平仄仄仄平平。

　　我们很容易从中看到其平仄相隔规律的工整排列。平
仄的产生，即是平仄的意义。如今，现代汉语普通话和古汉
语语音体系已大不相同，若不是研究古典诗词的需要，我们
也不必知晓平仄在其中的作用。那些精美的古诗词作品在
当时朗诵出来时究竟会带给人耳怎样的感受，现已无从得
知。而以今音读古调，虽有些生涩平常，但我们总能从历史
的余韵中体会到一些顿挫的美，同样是非常值得欣慰的。唯
有在当代的诗歌创作中，我并不赞成依据古代声韵规则而作
为。毕竟，诗歌不同于其他文学形式的一个最主要的特性就
是声音的美，如果现代的作品并不能用现代的语音很好的将
其展现时，那这首诗还有什么可读的呢？应该晦涩非常吧。

第二篇

赤白

夕阳映雪，欲水未融。

6.

组诗　其一

山雨欲来风满楼①，
凭栏②云外月含羞③。
春雷如坠长空破，
惊起红飞叶低头。

二零一二年四月十八日

---

① 该句出自(唐)许浑《咸阳城东楼》："溪云初起日沉阁，山雨欲来风满楼。"
② 凭栏：倚靠著欄杆。(宋)韓琦《北塘春雨》："晴來西北憑欄望，拂黛遙峰濯萬螺。"
③ 含羞：表情嬌羞。(宋)吴文英《浣溪沙》："落絮无声春墮泪，行云有影月含羞。"

省谈

· 将古诗经典名句完全移植到创作中的例子古今皆有，与其说是致敬，不如说是作者当时的文字构思并无出其上者。

· 中国古典诗歌中有很多固定词汇，如"凭栏"，有时可直接借用过来，算作典故；但有时也会看到其中的不和谐。现代社会中的"栏"多用作隔断，可"凭"者甚少。所以，这个经典动作在现代生活中只能用其特殊意义存在于诗歌中。

· "红飞"原作"飞红"。

· 曾经的"春雷一片"远不如现在的"春雷如坠"。

A la Gran Muñeca | Jesús Ventura 1919
Francisco Lomuto | Jorge Omar 1936

7.

组诗　其二

月落乌啼霜满天[①]，
飞红万点[②]伴风眠。
风霜雨雪随夜没[③]，
只剩孤芳[④]在眼前。

二零一二年五月一日

---

① 该句出自(唐)张继《枫桥夜泊》:"月落乌啼霜满天,江枫渔火对愁眠。"
② 该语出自(宋)秦观《千秋岁·水边沙外》:"春去也,飞红万点愁如海。"
③ 没:mò《说文解字》:沉也。(唐)白居易《钱塘湖春行》:"乱花渐欲迷人眼,浅草才能没马蹄。"
④ 孤芳:芳香而孤寂的花朵。(宋)贺铸《南歌子·心蕊黄金缕》:"孤芳不怕雪霜寒。"

省谈

· "红"字很难搭配,结果"飞红"用得过滥。

· "眠"字本指闭上眼睛,睡觉。此处可映托晚上。"风眠"指风动如呼吸,好比风速放缓。有近代著名画家林风眠。

· 第三句的"霜"字有重复。

· "孤芳"亦比喻人品高洁或怀才不遇。(唐)韩愈《孟生》:"異質忌處群,孤芳難寄林。"

Paciencia
Juan D' Arienzo | Enrique Carbel 1937

桥

　　信息时代的我们常看到两种人,一种是发微博的,另一种是评论微博的。发微博的(我们或称博主)要有一定创造力。有了好的想法,可以发出来;去了新的地方,可以晒一晒;就是一张自拍,也要配有与众不同的话语,才好意思张贴出来。微博,成为了一种发表。无论什么内容,只要公之于众,必会有所反应。社会就好像那一池春水,风乍起时,阵阵涟漪。而组成这池水的每个小水滴,都可能是那个评论者。可以点赞,可以吐槽,可以赞赏,可以对话,可以转发推广,也可以投诉举报,种种行为,都为发微博的人营造出交流的阶梯。来而不往非礼也,这就是作者与读者之桥。

　　作者很辛苦,绞尽脑汁,摆拍、形式主义、模仿,终于发出一条。读者读到,便发了言。他们有着各种声音:或"赞,写得真心不错,引用恰到好处。"或"这算抄袭吧,拿来主义不能这么用啊。"或"……"什么都不说的无作为者。这一切应该都算是有着回应,回应体现作者的价值。回应多且好的作者,赚尽口碑,自己成就自己,因为实力。无回应的作者,默默无闻,始终奋斗,或终将放弃。回应差的作者,亦然有名,却名非己愿。不管怎样,作者们都在为了有"回应"而努力,至于回应将带给他们什么,也许在他们准备发布之前就已经心里有数了。

将眼光收回,走在大街小巷间,作者读者随处可见,他们之间的桥亦可见。桥之优劣,显而易见。路边行乞者、天桥上发传单的人、大厦下的建筑工、骑电瓶车的中介商、地铁上工薪族、电脑前的码农、办公桌上的公务员、讲台前的教师、临床的大夫、大学的教授、誊书稿的作者,他们都在等待回应:是微博后的回应,是工作后的回应,是努力后的回应,还是创作后的回应? 答案难知。

我常看到的,并不是等待中的他们,而是回应中的他们。

Gólgota 1938
Rodolfo Biagi | Teófilo Ibáñez 1938

Ⅲ.

韵书

　　人类为了能让文化有效传承，会在不同的历史阶段创造出各类不同的工具书，以使知识总括清晰且方便查阅。韵书即是其中一种，指把汉字按照字音分韵编排的书籍。它主要是为分辨、规定文字的正确读音而作，属于音韵学材料的范围，多辅助诗歌、戏剧等文学形式。

　　韵书一定是在文学的发展，历史的需要之上应运而生的。汉魏之后，文字书写已然不同。篆书隶化，草体盛行，字形有了很大的转变，形声字原有的声旁已不能准确表达出字音。当使用的汉字越来越多，人们的创作、交流出现阻碍时，韵书就自然被归纳了出来。它是一套确定汉字读音的标准。按文献记载，目前考证出的中国最早的韵书是三国时期李登编著的《声类》和晋代吕静编著的《韵集》，但已不传。

> 末有李登《声类》、吕静《韵集》，始判清浊，才分宫羽，而全无引据，过份浅局，诗赋所须，卒难为用。
>
> ——《隋书·潘徽传》

其他古籍还有残留介绍说，"魏时有李登者，撰《声类》十卷，凡一万二千五百二十字，以五声命字，不立诸部。""忱弟静别放故左校令李登《声类》之法，作《韵集》五卷，宫、商、角、徵、羽各为一篇。"记录仅此。

那么如何来具体标注汉字读音呢？注音方法的产生需要很多条件。有一种说法：魏晋时期，印度佛教进入东土，梵文佛经翻译盛行。在梵文、悉昙文字的启发下，为了能很好地音译经文，翻译家们会尝试用多个汉字表音，难以确定者借助其他汉字诠释，配合生效。这样，每一个待识别字都能用两个已识别字来注音：第一个汉字表明声部，第二汉字表明韵部，反切标注法便形成了。再至六朝，沈约提出"四声"之后，汉字的音韵系统才算是基本完善。后续的韵书几乎都以此"反切+四声"的标准叙述法来制定汉字音韵集。

现将其中之著名者分述如下：

1）（隋）陆法言《切韵》

《切韵》原书已失传。目前所见有敦煌出土的唐人抄本《切韵》残卷三种，现藏于法国巴黎国家图书馆。额外则是增订本两个：一为唐写本王仁昫《刊谬补缺切韵》，一为北宋陈彭年等编的《大宋重修广韵》。

该书成于隋文帝仁寿元年（601），由陆法言执笔。其是将刘臻、颜之推、卢思道、李若、萧该、辛德源、薛道衡、魏彦渊八位当时的著名学者在自宅聚会时讨论商定的审音原则记录了下来。

全书共 5 卷，收 1.15 万字，分 193 韵。韵按声分四部：平声 54 韵，上声 51 韵，去声 56 韵，入声 32 韵。同韵的字以声类、等呼排序。每一音前标以圆圈（称为韵组），头一字下以反切注音。每字均有释义。

2）（唐）孙愐《唐韵》

此为《切韵》的一个增修本，约成书于唐玄宗开元二十年（732）之后，原书已佚失。据清代卞永誉《式古堂书画汇考》所录唐元和年间《唐韵》写本的序文和各卷韵数的记载，全书 5 卷，共 195 韵，与稍早的王仁昫的《刊谬补缺切韵》同，其上、去二声都比陆法言《切韵》多一韵。

3)《广韵》

《广韵》全称《大宋重修广韵》,是北宋时代官修的一部韵书,由陈彭年、丘雍据前代《切韵》、《唐韵》等韵书修订编撰,成于宋真宗大中祥符元年(1008)。

《广韵》共分 5 卷,平声分上下 2 卷,上、去、入声各 1 卷。正文收 26194 字,分 206 韵,包括平声 57 韵(上平声 28 韵,下平声 29 韵);上声 55 韵;去声 60 韵;入声 34 韵。

4)《集韵》

宋仁宗景祐四年(1037),即《广韵》颁行后 31 年,宋祁、郑戬给皇帝上书批评《广韵》多用旧文,"繁省失当,有误科试"(李焘《说文解字五音谱叙》)。与此同时,贾昌朝也上书批评宋真宗景德年间编的《韵略》"多无训释,疑混声、重叠字,举人误用"(王应麟《玉海》)。宋仁宗令丁度等人重修这两部韵书。《集韵》在仁宗宝元二年(1039)完稿。

《集韵》共十卷,号称收 53525 字,除却多音同形,实际收字 32381 个,分韵的数目和《广韵》全同。

5)《礼部韵略》

南宋理宗淳祐十二年(1252)刘渊曾编写刊行过新的《礼部韵略》,全称《壬子新刊礼部韵略》,区别于北宋时对《景德韵略》再加刊定而更名的《礼部韵略》。该书共 107 韵,因为是在平水刻的,所以也称为平水韵,是宋朝士人作诗用韵最为广泛的依据标准。

6)(元)周德清《中原音韵》

这是我国出现最早的一部北曲曲韵和北曲音乐论著。该书内容主要包括三个方面内容:"曲韵韵谱"、"正语作词起例"和"作词十法"。

7)《佩文诗韵》

《佩文诗韵》是清代科举用的官方韵书,士子进考场作试帖诗。其在康熙四十三年(1704)到五十五年(1716)期间编辑成书。该书分平上去入四声(平声分上下),共 106 韵 10235 字。

以上韵书成就了音韵学的研究基础。

El Huracán | Osvaldo Donato * -
Edgardo Donato | Félix Gutiérrez 1932

8.

春秋

本来寒秋花已碎，
又兼风雨送一程。
风雨却言作春泥①，
生得新绿映飞红。

二零一二年八月二十三日

---

① 春泥：（清）龚自珍《己亥杂诗》："落红不是无情物，化作春泥更护花。"

省谈

· 又是"飞红"的搭配,词溃字冗。

· 诗中"风雨"的复用,在诗词中可算作一种修辞手法,增强两联的接续性。

· "言"在古时定为孤平大忌。

Uno | Mariano Mores
Anibal Troilo | Alberto Marino 1943

时

　　昼夜的交替往复,应该是人类最早对时间的感知。当时是否有人会认为,其实每天都一样的呢?太阳东升西落,月亮阴晴圆缺,好像每个清晨都是一次重新来过的机会。直到人类意识到生命的本质后,他们才开始懂得了时间的绝对。出生、成长、衰老、死亡,这都是每个人切身经历的过程,这也是每个人能亲眼目睹周围人生活的过程。对自己寿命的未知如同一个挡箭牌,在看似无限的生命长河中,有的人浑浑噩噩,有的人匆匆忙忙,有的人兢兢业业,有的人平平淡淡,大家都在绝对的时间里做着相对的自己。

　　古代中国人,对时间尤其敏感。他们像敬畏天地一般敬畏时间。他们知道,如果能应时而生,适时而作,那便离天更近了一步。天人合一,以天映人,将会是最好的生存法则。于是,中国人创造了自己独有的历法,运用天行规律将时间量化。据考古简牍推研，大略商周之前，中国人将一年只划分为两个季节，即春和秋。春是由寒转暖之季，秋是由暖转寒之季。那时并无冬夏，"夏"这个字只是当时部落的代表词，指夏王朝、夏人。四季是阳历，是根据地球相对太阳位置变化而探寻出的时间规律。其辅之以气候，人们创立出二十四节气与七十二物候。十五天一节气，五天一物候，使得一年的时间更为精确。此外，与太阳相对还有月亮。月之朔望变化的完整周期是三十天，这成为了月份的由来。一年有十二个月，阴阳历之间的偏差由闰月来补足，最后得到了完美的阴阳合历。日、月、年，层层累加，时间越是精确，人生越是如白驹过隙。

子在川上曰："逝者如斯夫，不舍昼夜。"

——《论语》

当人们发现时间的宝贵以后，便不能只在意大的时间范围，还需要追求细节。中国人利用天干地支作为数字的考量。天干代表十，地支代表十二。十二既用来划分一年的十二个月，也用来划分一天的十二个时辰。十则成为了具体的计数方法，十日即一旬，十刻为一度，十进制连续了时间带给我们的分分秒秒。当天干地支组合出最小公倍数后，六十而一轮回，即是大的干支纪年，亦是小的干支纪日，如此往复，延续着中国生生不息的历史。

　　有了时间，就有了历史。周期性的经历恰巧证明了时间就在那里。花开、花落、风雨、晴明，衰亡之后，总会有新生，每一丝一毫的波澜，都将会在分秒中留下印迹，这就是精确、细致且绝对的时间。

Pocas Palabras
Ricardo Tanturi | Alberto Castillo 1941

Ⅳ.

古代诗歌研究范畴

　　就是诗歌这个文学中的小领域，也有着如浩渺星空般的研究内容。现在的理论家多分类不明，或是研究方向专精的限制；或是乏于讨论这类问题。关于中国古典诗歌的研究范畴分类，我向来有着自己的维度，既不想如同教科书一样的死板，又不想犯不清晰、不明朗的毛病。于是，借用了些新颖且独特的观点，简要述之。

　　我将诗歌研究分为八大类，借以佛学中八识，变化作诗歌之于眼、耳、鼻、舌、身、意、心、识之称。

一、诗歌之于眼。

是谓诗歌之于目所及处,是诗歌之相。主要指诗歌之分类与形式,包括如结构、文法、章、句、词、字等。

二、诗歌之于耳。

是谓诗歌之于耳所闻处,是诗歌之听。主要指诗歌的格律,包括有格、乐、调、律、声、韵等,属于音韵学的范畴。

三、诗歌之于鼻。

是谓诗歌之于气所行处,是诗歌之时。主要研究诗歌的历史,包括其文体演化、地域关系、人物生平、创作背景等。

四、诗歌之于舌。

是谓诗歌之于言所到处,是诗歌之体。主要指诗歌的意义,包括修辞、典故等内容上的实质。

五、诗歌之于身。

是谓诗歌之于外在所得,是诗歌之态。主要研究诗歌之风格、派系。

六、诗歌之于意。

是谓诗歌之于内在所得，是诗歌之境。主要研究美学及哲学的部分，包括：意象、境界、神韵、情感、气质、概念等抽象性研究。

七、诗歌之于心。

是谓诗歌之于思想所得，是诗歌之用。主要研究诗歌本身的创作，如思维、方法、逻辑等。

八、诗歌之于识。

是谓诗歌之于所得之所得，是诗歌之论。主要研究诗歌周边内容，包括有评注、鉴赏、校勘等各家庞杂的学问。

Racing Club | Vicente Greco -1916
Ángel D'Agostino 1946

9.

自读

午夜悠然①无声，

偶闻枝叶随风。

窗外一轮明月，

遥遥②映照孤灯③。

二零一二年六月四日

---

① 悠然：闲适自得的样子。（晋）陶渊明《饮酒·其五》："采菊东篱下，悠然见南山。"
② 遥遥：悠久的时间。长远的距离。（唐）杜牧《寄扬州韩绰判官》："青山隐隐水遥遥，秋尽江南草木凋。"
③ 孤灯：（唐）白居易《长恨歌》："夕殿萤飞思悄然，孤灯挑尽未成眠。"

省谈

· 此为六言诗，暂不拘于平仄格律。

Al Compás del Corazón | Domingo Federico
Miguel Caló | Raúl Berón 1942

简

　　每句六字的诗多会带给我们一种打油诗的效果。近年微博上流行"老树画画"的作品，他总在画作上配一首打油诗，比如："岭上一夜寒雨，黄叶红叶满山。秋风你先吹着，我回城里上班。"这种略带调侃的语调和他简易的画风相映成趣，常作诙谐人世之感。

　　六言诗属于古体诗的范畴，魏晋南北朝的作品居多，但多是长赋。直到唐朝，才有减为四句的六言诗。李白曾依次题写过四季景致。

春景
门对鹤溪流水，云连雁宕仙家。
谁解幽人幽意，惯看山鸟山花。

夏景

竹簟高人睡觉，水亭野客狂登。

帘外熏风燕语，庭前绿树蝉鸣。

秋景

昨夜西风忽转，惊看雁度平林。

诗兴正当幽寂，推敲韵落寒帧。

冬景

冻笔新诗懒写，寒炉美酒时温。

醉看墨花月白，恍疑雪落前村。

——（唐）李白

　　是否可以感觉到，一向浪漫飘逸的诗仙在驾驭六言诗时，竟也有了些平林小调的余味？其实，这样的写法是极好的。没有生僻的词汇，没有复杂的典故，老百姓一读即懂。意境的高雅不见得非要用文学技巧才能达到，简单的景物勾勒，简单的心情描绘，会有同样的效果。甚至，有的大家能更高一筹。这里，我比较推崇苏轼的一首六言诗：

惠崇芦雁

（北宋）苏　轼

惠崇烟雨芦雁，坐我潇湘洞庭。
欲买扁舟归去，故人云是丹青。

　　这丹青二字关景关情，是对前句的点睛之笔，而且整体并不难懂，让读者自己在脑海中，描绘想象。简单的作用，竟是深入浅出的。能有简单文字的作者，其不失美的原因，正是因为他在生活中的简单。这种简，最终源于心灵对世间的透彻。

　　简而言之，我以诗带入，世间生活亦应如此，体悟简单之美。

En la Buena y en la Mala
Enrique Rodriguez | Armando Moreno 1940

V

溯说六言诗

中国古典诗歌中，每句字数多以单数常见，比如绝句和律诗。有五言者：唐·王之涣《登鹳雀楼》"白日依山尽，黄河入海流。"有七言者：唐·杜甫《登高》"无边落木萧萧下，不尽长江滚滚来。"古体诗每句长度不等，但仍是单数字居多，如：唐·李白《将进酒》"君不见，黄河之水天上来，奔流到海不复回。"这是三、七、七的句子。就是在词中，亦是单数字常见，如：南唐·李煜《虞美人》"春花秋月何时了，往事知多少。小楼昨夜又东风，故国不堪回首月明中。"是七、五、七、九。北宋·苏轼《水调歌头》"转朱阁，低绮户，照无眠。"是三、三、三。当我们诗读多了，会明显觉得单数字的诗句更朗朗上口。

对比而言，双数字的诗歌就略显奇怪，六言诗句更奇怪。这里我们为何独探讨六言？是因为其他双数字诗句的特点不突出。八言、十言及以上者太过罕见，诗人多不采用，这和写了一句话有甚分别？两言又太过简单，仅是一个词嘛。四言诗倒是不少，例证从先秦到魏晋时期，几乎都是主流。中国最早的诗歌总集《诗经》就是四言体，东汉末年曹操的《观沧海》亦属四言："东临碣石，以观沧海。水何澹澹，山岛竦峙。"这里就不赘述了。

六言诗则不然，它夹在一个灰色地带。若说少见，唐朝之前我们就能积累出大量作品，但就算如此，它却一直不在主流。我们倒是可以在各种古典诗歌文体中看到六言句式的客串，画龙点睛不足，锦上添花有加。

最早六言句式的出现，被认为是在《诗经》中。较有名气的篇目是：

五月斯螽动股，六月莎鸡振羽。七月在野，八月在宇，九月在户，十月蟋蟀，入我床下。

——《诗经·豳风·七月》

坎坎伐檀兮，置之河之干兮。河水清且涟猗。不稼不穑，胡取禾三百廛兮？不狩不猎，胡瞻尔庭有县貆兮？彼君子兮，不素餐兮！

——《诗经·魏风·伐檀》

南朝梁代的刘勰曾在《文心雕龙·明诗》中写道："至於三六雜言，则出自篇什^①。"这成为了六言最早出自《诗经》的证据。《明诗》一文，主要是介绍南北朝之前的主体诗歌，如《诗经》、《离骚》、汉初四言诗、汉魏五言诗等。三六雜言仅在文末，一笔带过。细细考究之事，还得从历代作品中来。西晋时的著名谱学家挚虞曾在《文章流别论》中说："六言者，「我姑酌彼金罍」之属是也，乐府亦用之。""我姑酌彼金罍，维以不永怀。"出自《诗经·周南·卷耳》，它在四言中增加了六言的句子，是因情境使然，歌谣流诵所致。后来的作品中此法常见，如《离骚》由于楚辞体的关系，主体便是上七下六，其中其他字数杂言亦繁，参差不齐。

日月忽其不淹兮，春与秋其代序。 惟草木之零落兮，恐美人之迟暮。

——（战国·楚）屈原《离骚》

到了汉代，六言诗句增多，也逐趋成熟。最重要的区别

① 篇什：piān shí《诗经》的《雅》、《颂》以十篇为一什，后用篇什指诗篇。

是曾经的虚词如"兮、其、而、以、之、乎"之类的已被实词替换。著名篇章虽有张衡的《归田赋》与祢衡的《鹦鹉赋》,但其部分段落仍满是虚词残留。

> 游都邑以永久,无明略以佐时;徒临川以羡鱼,俟河清乎未期。感蔡子之慷慨,从唐生以决疑。 谅天道之微昧,追渔父以同嬉。 超尘埃以远逝,与世事乎长辞。
>
> ——(东汉)张衡《归田赋》

以上例证虽为诗歌,但亦属赋类,举之略显牵强。据记载,现存最早的完整六言诗,应当是建安七子之孔融的作品。

> 从洛到许巍巍,曹公忧国无私,减去厨膳甘肥。 群僚率从祁祁,虽得俸禄常饥,念我苦寒心悲。
>
> ——(东汉)孔融

魏晋南北朝时,六言作品已有趋势,曹植《妾薄命》、傅玄《董逃行历九秋篇》、庾信《怨歌行》都是代表。若有闲暇,不妨观读。后至唐朝,近体诗兴起,绝句、律诗在广义之下亦有六言,平仄规范,押韵平稳。

以上,暂作六言诗简要之溯流。

至于为何在中国古典诗歌中,单数字诗句要更常见呢? 现今的很多研究者都难以给出确切答案,不如留作思考与研究的课题吧。

El Recodo | Alejandro Junnissi 1930
Astor Piazzolla 1946

10

逐月

白日奔波苦，
夜深静自观。
观心随月去，
月影入春山。

二零一二年六月十六日

省谈

· 诗中"观"字为顶针修辞,"月"字从广义上也算。

Amurado | Pedro Maffia ＊ 1926
Pedro Laurenz | Juan Carlos Casas 1940

观

　　《心经》首句言："观自在菩萨,行深般若波罗蜜多时,照见五蕴皆空,度一切苦厄。"大致意思是说："审视内心,修行佛法智慧时,可洞见诸法不实,解脱一切苦厄。"这一句中,前半部分是方法,后半部分是目的;前者可作因,后者可作果。整个由因到果的过程,有两个最重要的行为成就了佛陀道路,即是"观"和"照"。观照常合起来用,因为意思相近。但它们绝不限于语言本身,其在佛学中有着更深刻的含义。

　　观,作"观照"、"审视"、"审察"等解。此处并非指用眼作观察,而是以心去"审视"。以心去调动眼、耳、鼻、舌、身、意六根,取其妙用。此心引出八识:前六识即缘六根所起,再加之第七识末那识,第八识阿赖耶识所成佛法之基本正知见。所以,这"观"不仅是运用了个人的全部身心,更运用了身心之外。世间、出世间,皆须观照。

佛之修行，以观生起，依四念处住。这四念处即是：

观身不净

观受是苦

观心无常

观法无我

而我，曾受佛学老师教诲，记得其依现世所改的偈语，私以为裨益远胜于前文，今录于下：

观生无常

观受是苦

观心是空

观法无我

那诗文中，观月又如何呢？

Pregonera
Alfredo De Angelis｜Carlos Dante y Julio Martel 1945

几何- 03
——LeiA 摄影

VI.

顶针

　　顶针是文学中很有味道的一种修辞手法。它也称作顶真、联珠或蝉联，指用前句结尾的字或词作为后句的开头，使得两句接续。这种修辞可连续使用多次，便可达到串联的效果。

　　可举几例，诗文、对联中居多。

　　归来见天子，天子坐明堂。

——《木兰辞》

知止而后有定，定而后能静，静而后能安，安而后能虑，虑而后能得。

——《大学》

还有李白的著名诗作：

《白云歌送刘十六归山》

（唐）李　白

楚山秦山皆白云，白云处处长随君。

长随君，君入楚山里，云亦随君渡湘水。

湘水上，女萝衣，白云堪卧君早归。

顶针手法也会被放在词牌规则中，还是李白：

《忆秦娥·箫声咽》

（唐）李　白

箫声咽，秦娥梦断秦楼月。

秦楼月，年年柳色，灞陵伤别。

乐游原上清秋节，咸阳古道音尘绝。

音尘绝，西风残照，汉家陵阙。

句中亦可用顶针：

泪眼问花花不语，乱红飞过秋千去。

——（北宋）欧阳修《蝶恋花》

据以上引用，我们完全能体会到顶针带来的黏着拖延感，但又不失接续连贯之古拙。

Volver | Carlos Gardel 1934
Terig Tucci | Carlos Gardel 1935

第三篇

央坻沚

蒹葭在水，所谓一方。

11

相者

夜阑①人静，皎②月孤窗。

白日劳碌，难得凄凉③。

疲者酣睡，愁者神伤，寂者相望，杂乱衷肠。

风自悠悠④，落红⑤君旁。

徐徐⑥困意，淡淡⑦春香。

二零一二年四月十五日

---

① 阑：残；将尽。(宋)陆游《十一月四日风雨大作》："夜阑卧听风吹雨，铁马冰河入梦来。"

② 皎：洁白明亮。《说文解字》：月之白也。(宋)吴潜《水调歌头》："皎月亦长有，今夜独娟娟。"

③ 凄凉：悲苦。形容環境孤寂、冷清。(唐)李白《笛别曹南群官之江南》："懷歸路綿邈，覽古情凄涼。"

④ 悠悠：安闲暇適、眇遠無盡、行走飄动的樣子。(唐)王勃《滕王閣詩》："閒雲潭影日悠悠，物换星移幾度秋。"

⑤ 落红：落花。(宋)辛弃疾《摸鱼儿》："惜春长怕花开早，何况落红无数。"

⑥ 徐徐：安稳、迟缓的样子。(宋)张炎《临江仙》："遐观情悄悄，凝想步徐徐。"

⑦ 淡淡：隐约、微弱、不浓厚的样子。(元)张可久《人月圓》："桐陰淡淡，荷香冉冉，桂影團團。"

几何- 02
——LeiA 摄影

省谈

· 疲者指疲倦劳累之人；愁者指忧愁惧虑之人；寂者指孤寂冷漠之人；三者是皆有衷肠，却烦乱无比且无奈于世事之人。

· 末句之"徐徐""淡淡"别有深意。

Recuerdo 1924
Osvaldo Pugliese 1944

相

　　《金刚经》中曾多次提到"相"，且以四类并行出现，谓之："我相、人相、众生相、寿者相"。初见原文如下：

　　佛告须菩提。诸菩萨摩诃萨。应如是降伏其心。所有一切众生之类。若卵生。若胎生。若湿生。若化生。若有色。若无色。若有想。若无想。若非有想。非无想。我皆令入无余涅盘而灭度之。如是灭度无量无数无边众生。实无众生得灭度者。何以故。须菩提。若菩萨有我相。人相。众生相。寿者相。即非菩萨。

——《金刚般若波罗蜜经·第三品·大乘正宗分》

　　"相"在佛学中是专有词汇，因翻译不同，有多种解释，常指形相或状态之意。这里指观念、想、概念。故四相即有所指：

我相：自己、个体的观念；

人相：他人、人类的观念；

众生相：生命的观念；

寿者相：时间的观念。

其实这四相皆为知见，实为执着于"我"的不同别名而已，表现的方式与维度囊括了所有的"我"。

而这些"相"又因何而起呢？它们之后都有一个"见"字，成为其原因。所以，《金刚经》在最后则说：

须菩提。若人言。佛说我见人见众生见寿者见。须菩提。于意云何。是人解我所说义不。不也。世尊。是人不解如来所说义。何以故。世尊说。我见人见众生见寿者见，即非我见人见众生见寿者见，是名我见人见众生见寿者见。须菩提。发阿耨多罗三藐三菩提心者。于一切法。应如是知。如是见。如是信解。不生法相。须菩提。所言法相者。如来说即非法相。是名法相。

——《金刚般若波罗蜜经·第三十一品·知见不生分》

四言诗

　　四言诗即是以四字组成的诗句,它起源于《诗经》。《周易》的韵语中亦以此形式多见。所以,西周时期,四言体是极为流行的。

　　东周时期,北方仍以四言诗为主体;但南方如楚国,多用作楚辞体:六、七、八杂言不等,几乎无四言。在中原,四言诗持续到两汉时受到动摇,虽文人仍以其为正体,然而五言歌谣在民间的兴起已逐渐取代四言。钟嵘《诗品序》中说,时人对于四言,"每苦文繁而意少,故世罕习焉。五言居文词之要,是众作之有滋味者也"。这是十分有道理的。

到魏晋时期，文学大家们的四言名篇不少，可算作复古，即继轨周人之作也，如曹操的《步出夏门行》《短歌行》，嵇康的《幽愤诗》等。

　　此后历朝历代五言繁盛，四言诗几近消亡。偶尔得见唐时韩愈《元和圣德诗》及柳宗元《平淮夷雅》等作品。待至今，更无出其右者，四言早已陨落千年有余。

Nueve Puntos ｜ Francisco Canaro-1920
Carlos Di Sarli 1956

叶华

日夜倾心，春顾秋盼。

尽己所能，送君以善。

叶映花含，叶开花绽。

简简单单，平平淡淡。

二零一二年五月九日

心梦

何去何从，不知所踪。

悠悠岁月，飞逝如风。

心无所向，梦无所终。

自怜孤影①，今又相逢。

二零一二年六月十七日

---

① 孤影：孤单的影子。（唐）杜牧《早雁》："仙掌月明孤影过，长门灯暗数声来。"

我

　　北京慈善寺位于石景山区天泰山西北峰上，是集佛、道、儒及其他诸神一体的庙宇，大概成于清初。相传顺治帝出家在此，坐化之处，寺僧称为燃灯古佛；清帝敕赐，号为魔王和尚。旧时，说这魔王菩萨肉胎真身之佛龛后有一首题壁诗，题为"圣祖章皇帝圣语遗迹"，即"顺治归山诗"，诗曰：

　　天下丛林饭似山，钵盂到处任君餐。黄金白玉非为贵，惟有袈裟披最难。

　　朕乃山河大皇帝，忧国忧民事转繁。百年三万六千日，不及僧家半日闲。

　　来时糊涂去时迷，来去昏迷总不知。不如不来亦不去，亦无欢喜亦无悲。

　　未曾生我谁是我，生我又知我是谁？长大成人方知我，合眼朦胧又是谁？

但愿不来也不去！ 来时欢喜去时悲。 每日清闲无有事，空在人间走一回。

口中吃的清淡味，身上穿的补衲衣。 五湖四海为宾客，逍遥佛殿任僧栖。

莫道僧家容易得，皆因前世种菩提。 虽然不是真罗汉，亦搭如来三顶衣。

兔走鸟飞东又西，为人切莫用心机。 世事如同三更梦，万里乾坤一局棋。

禹开九州汤代夏，秦吞六国汉登基。 古来多少英雄辈，南北山头卧土泥。

恼恨当年一念差，龙袍换去紫袈裟。 我本西方一衲子，因何流落帝王家。

十八年来不自由，江山坐到几时休。 我今撒手归真去，管他千秋与万秋。

　　我们且不去考证这首诗的由来，只说说其中的句子。诗文中有关于"我、来、去"的论断，"来去"指"生死"，"来时糊涂去时迷"，我们是不知生死的，便"不如不来亦不去"，是谓超脱生死。随后又说生前、当下、死后的状态："未曾生我谁是我，生我又知我是谁？长大成人方知我，合眼朦胧又是谁？"仍未给出答案。

　　这等同于哲学问题，据说曾经苏格拉底也有这样的论断：

我是谁？
从哪里来？
到哪里去？

　　首先我们能向自己提出这些问题，再顺应问题引发思考，即进入了哲学的殿堂。挪威作家乔斯坦·贾德在其《苏菲的世界》一书中，亦通过两个问题向苏菲开启了哲学史的大门。

你是谁？　Who are you?
世界从哪里来？　Where does the world come from?

　　这些问题太难了，它们可以说是哲学的终极问题。我们无法解答，众多的哲学家也无法给出一个统一且令人信服的答案。但是，人们在思考与研究中，找到了些脉络。这些问题都是源于人类自己的提出。如果没有人类，那么人类的思想亦无从创建。人类本身是什么？来自哪里？落实成抽象的个体便是一个"我"，"我"成了一切问题的根源。
　　奥地利精神病医师、心理学家弗洛伊德就针对这个"我"提出了三个维度的概念。

id：本我。即人格中最原始的结构，是源自天性，是生理上的最基本需求，原始的人；

ego：自我。即人在出生后，居于现实环境的现实结构，是一些性格之上的理性需求，现实的人；

superego：超我。即人格基于社会文化道德规范所形成的最高结构，道德的人。

此三种"我"仅是为存活的生命个体而给出的人格定义。这些定义脱离不了个体本身，多是心理层面的，所以其很难解释"我"之外的含义，更不用说是生前和死后之"我"了。

佛学想给出完美答案，遂将"我"字单提出来，是为佛教中的根本问题。这个"我"有了主宰的意味，佛学将其分之为三："假我、真我、神我"。

假我：指凡夫众生所执著之我，这种我乃由四大五蕴假合而有，因缘所生，似有非实；

神我：指邪魔外道所说之我，他们于五蕴法中，强立主宰，妄计有我、我所，说有十六神我；

真我：方是如来所证的"八大自在我"，也就是人人本具之真如、佛性。

此三种"我"算是超出存活生命外的一种定义,然而其宗教意义过强,仍无法解释我之本源。关于"来去""生死",除了解脱外,佛家亦无甚好的解释。

如来者,无所从来,亦无所去,故名如来。

——《金刚经》

最后,又有了"无我"的概念,诸法无我。既然没有一个恒定之我,不如无"我"。"我"是在变化之中的,这好歹算是自圆其说了。

如今,还是会有人问关于"我"的种种问题,虽然答案未知,但我们总是知道,它会越来越贴近真相的。

Nada Más
Juan D'Arienzo｜Alberto Echagüe 1938

VIII .

修辞

在文学理论中,修辞是一精深大类。所称的"修辞学"成为专门研究修辞的语言学学科。

"修"是修饰、装饰;是使之美的方法。"辞"本指诉讼及诉讼之口供、辩词、借口等;后通指言辞、文辞。合而言之,就是修饰言辞,將意念適切的表達為語文。根据辞典定义,修辭是指如何調整語文表意的方法,設計語文優美的形式,使精確而生動的表現出說者或作者的意象,并能引起讀者共鳴的一種藝術。研究此種藝術的學科即為"修辭學"。

那么,如何表达言辞呢? 也就是如何使语文优美得体呢? 它是层层递进的规则:

1) 首先是语义上的。最初的意义应该源自人们的思想,将思想用合适的词汇表达出,粘合为句,组织成篇,便是语义的表达。在语义上要精确、信实、流畅。语言表达首先要遵循传达的意义正确。

2) 其次是语感上的。语言之所以形成是社会活动的赋予,人与人的交流奠定了语言在说话及写作上的习惯。这些习惯,久而久之就是规律。人们应用时,即会有舒服与否、适合与否的感觉,此为语感。

3) 再次是语法上的。语言规则是该语言的结构和特点,它们被提炼出来后,即是语法。语法更有助于对语言本身的学习和研究。当语言表达符合语法后,将会是分析层上的工整与自然。

4) 还有是语境上的。语境有内外之分:内心者是情绪、情感、意图、风格等;外在者是环境、氛围、关系、状态等。

5) 最后是美学上的。如何表达得美,需要语言技巧,我们会称为修辞手法。比喻、拟人最为常见,还会有声律上的美化方式。

以上方是完整的修辞过程。

诗词中常用修辞,手法极多,不可胜数。最早《诗经》中就提出了赋、比、兴,算是中国修辞手法之滥觞。随后诗歌发展,对偶、排比、双关等都可运用在里边,使得作品既有层次感,又丰富美适。

　　语言之于修辞,一定是在时间与空间上的多维表达,虽然不是基本而必须的元素,但人们总会在锦上添花中,找寻到艺术的必须。这才是修辞不可或缺的原因,生活的语言也因此精彩。

Felicia ｜ Enrique Saborido -
Adolfo Carabelli 1927

五言乐府之白华殇

去年进京城，春寒独寂寥①。

工作苦无歇，只恨光阴少。

日落方归家，梦断即苍晓。

枕旁乱书斜，镜里青丝②少。

只有君在时，繁雾尽吹散，月暖花开早。

玉容羞鱼雁，钗裙步窈窕。

我总自乖张③，无事惹君恼。

君仍倍关怀，怜我年尚小。

---

① 寂寥：jí liáo 寂靜冷清。（唐）刘禹锡《秋词》："自古逢秋悲寂寥，我言秋日胜春朝。"

② 青丝：黑色的頭髮。（唐）李白《将进酒》："君不见高堂明镜悲白发，朝如青丝暮成雪。"

③ 乖张：性情執拗，不講情理。（清）曹雪芹《红楼梦·西江月》："行为偏僻性乖张，那管世人诽谤！"

此情记于心,虽无亲人近,胜过亲人好。

昔读长恨歌,今问比翼鸟。
两情久长时,朝暮怎比了?

天涯多飘零,何时到海角?
海角不见君,萋萋满芳草。
忽有飞红过,随风飘到老。

二零一一年九月九日

省谈

· 本诗中所用双字词汇皆有相错或互补意味。

· 这里"苍晓"一词很有韵味:"晓"是清晨初阳升起之感;"苍"又道出天空茫茫,青白过渡之感。作者是想将心情赋予其中,使晓之奋起与苍之悲凉融合于一个词中。

La Milonga de Buenos Aires
Francisco Canaro | Ernesto Famá 1939

老

　　是年，去长沙访友人，同游多处博物馆。好像记得在简牍博物馆中，有唐代瓷器展，器上绘有诗作，我十分喜爱。

　　长沙古有铜官窑，现位于望城区丁字镇石渚湖附近。石渚一名由来已久，二十四史中《晋书》《魏书》都有提到。安史之乱后，盛晚唐时期，此地聚有大量从北方迁来的窑工，成为烧造陶瓷之场所。该窑区 1956 年被发现，1978 年再度详细发掘，分作三处：铜官镇窑区、古城窑区、石渚窑区，出土上万件文物。其中瓷器多为青瓷，用釉下彩，有题字诗文或绘画。

　　这些诗文通俗易懂，却温馨自然，竟使人看到流下泪来。

· 一别行万里，来时未有期。 月中三十日，无夜不相思。

- 日日思前路，朝朝别主人。 行行山水上，处处鸟啼新。
- 自从为客来，是事皆隐忍。 若有平常路，崎岖何人尽。
- 春水春池满，春时春草生。 春人饮春酒，春鸟啼春声。
- 君生我未生，我生君已老。 君恨我生迟，我恨君生早。

　　她们四句、五言、古体，似贴近耳边的话语：有诉说、有思念、有愁绪。点点细微的情怀，皆淋漓尽致。第二首每句都用了叠词，漫长的心境感受呼之欲出。第四首竟用了八个"春"字，惜春不尽，探春不止。春在何处？春满人间。第五首最为出名，讲述了一段跨越年龄的爱情，从未到已，或早或迟，总没有真正恰当的时间，空留余恨。

　　这种平易的诗文风格虽不知何人所作，但可以看出她在民间备受喜爱。很有可能这是当时买家在窑厂的订做，在器物上寄托了自己的情感。

　　白居易便喜好平易，与其用典满篇，不如读之老少咸宜。同为爱情，《长恨歌》之七言亦是美妙绝伦，使百姓铭记于心。

　　在天愿作比翼鸟，在地愿为连理枝。 天长地久有时尽，此恨绵绵无绝期。

——（唐）白居易《长恨歌》

情动之处,总催人泪下。

无奈现在是诗老人新,遂依上述文字,我观之、读之、忖之,终于借情借笔,写了如前的作品,算首乐府吧。

Gricel | Mariano Mores 1942
Anibal Troilo | Francisco Fiorentino 1942

免于通勤的自由
——LeiA 摄影

IX

入声

　　古汉语的四声中，唯有入声在现代汉语普通话里已全然消失。这一点成为了北方方言的主要特征，尽管南方众方言（包括粤语、闽语、客家话、赣语、吴语、湘语、海南话等）还有完整或部分入声发音的遗留，但毕竟真正的中古读音现今已无从知晓了。

　　入声，是指汉字读音的韵尾以三种不同的塞音[-p̚]、[-t̚]、[-k̚]所构成的发音状态。它虽归为了四声之一，但实际明显区别于平、上、去的发音状态，其表现并非声调的高低起伏，而是声音本身的长短。入声字读音要短促，一发即收，这是由它的辅音韵尾所决定的。入声字音是无声阻音，有成阻和持阻阶段，但最后没有爆发的塞音。

入声的消失是缓慢的。自唐宋间的燕云十六州起，入声在官话及北方就逐渐归于平、上、去三声。过程大致是：先归并，再变成喉塞音，后喉塞音脱落，最后并入其他调。至元朝，官话就已无入声了。所以，持北方方言或官话为母语的人，不经过特殊学习是不能分辨唐诗宋词里的入声字的。这就需要一个入声的字集或规范来作为后世人的参考。很幸运，这样的韵书在宋朝就已经出现了，它就是南宋刘渊编写的《礼部韵略》，作为文人学士们填词作赋以及科举考试的声韵依据。其中的韵制被称为平水韵。

下文便将这入声平水韵十七部列举出来，以供查阅。

一屋［-uk］
屋木竹目服福禄熟谷肉咒鹿腹菊陆轴逐牧伏宿读犊渎牍椟黩觳复粥肃育六缩哭幅斛戮仆畜蓄叔淑菽独卡馥沐速祝麓簏蠹筑穆睦啄覆鹜秃扑鷔辐瀑竺簇暴掬濮郁蠹复塾朴蹴煜谡碌毓舳柚蝠辘夙蝮匐觫圄苜茯髑副孰谷

二沃［-uuk］

沃俗玉足曲粟烛属录辱狱绿毒局欲束鹄蜀促触续督赎浴酷瞩躅褥
旭欲渌逯告仆

三觉［－eok］
觉角桷较岳乐捉朔数卓汲琢剥趵爆驳邈雹璞朴确浊擢镯濯幄喔药
握搦学

四质［－it］
质日笔出窒实疾术一乙壹吉秩密率律逸佚失漆栗毕恤蜜橘溢瑟膝
匹黜弼七叱卒虱悉谧轶诘戌佶柿昵窒必侄蛭泌秩蟀嫉唧怵帅聿郅桎苗
汩昵蕨

五物［－ot］
物佛拂屈郁乞掘讫吃绂弗诎崛勿熨厥迄不屹芴倔尉蔚

六月［－jat］
月骨发阙越谒没伐罚卒竭窟笏钺歇突忽勃蹶筏蕨掘阀讷殁粤悖
兀碣猝橛羯汩咄渤凸滑孛核饽垡阏堀曰讦

七曷［－at］
曷达末阔活钵脱夺褐割沫拔葛渴拨豁括聒抹秣遏挞萨掇喝跋獭撮
刺泼斡挬袜适咄妲

八黠 [－aet]

黠札拔猾八察杀刹轧刖戛秸瞎刮刷滑

九屑 [－et]

屑节雪绝列烈结穴说血舌洁别裂热决铁折拙切悦辙诀泄咽噎杰彻别哲设劣碣掣谲窃缀阅抉揳楔蹩亵蔑捏竭契疖涅颉撷撤跌蔑浙澈蛭揭啜辍迭呐侄冽掇批橇

十药 [－ak]

药薄恶略作乐落阁鹤爵若约脚雀幕洛壑索郭博错跃若缚酌托削铎灼凿却络鹊度诺橐漠钥著虐掠获泊搏勺酪谑廓绰霍烁莫铄缴谔鄂毫恪箔攫涸疟郝骆膜粕礴拓蠖鳄格昨柝摸貉愕柞寞膊魄烙焯厝醵泽矍各猎昔芍踱迮

十一陌 [－eak]

陌石客白泽伯迹宅席策碧籍格役帛戟璧驿麦额柏魄积脉夕液册尺隙逆画百辟赤易革脊获翮展适剧碛隔益栅窄核掷责惜僻癖劈掖腋释舶拍择摘射斥弈奕迫疫译昔瘠赫炙谪虢腊硕螫藉翟亦鬲骼鲫借啧蜴帼席貊汐摭咋吓刺百莫蝈绎霸霹

十二锡 [－ek]

锡壁历枥击绩笛敌滴镝檄激寂翟逖籴析晰溺觅摘狄荻戚涤的吃霹沥惕踢剔砾栎适嫡阒觋淅晰吊霓倜

十三职 [- jik]

职国德食蚀色力翼墨极息直得北黑侧饰贼刻则塞式轼域殖植敕饬棘惑默织匿亿忆特勒劾仄稷识逼克蜮唧即拭弋陟测冒抑恻肋亟殛忒嶷熄穑啬匐鲫或愎翌

十四缉 [- ip]

缉辑立集邑急入泣湿习给十拾什袭及级涩粒揖汁蛰笠执隰汲吸熠岌歙熠挹

十五合 [- op]

合塔答纳榻杂腊蜡匝阖蛤衲沓鸽踏飒拉盍搭溘嗑

十六叶 [- ep]

叶帖贴牒接猎妾蝶箧涉捷颊楫摄蹑谍协侠荚睫慑蹀挟喋燮褶靥烨摺辄捻婕聂霎

十七洽 [- aep]

洽狭峡法甲业邺匣压鸭乏怯劫胁插押狎掐夹恰眨呷喋札钾

这么多的入声字，如何记忆呢？我们有一些规律，作为判别入声的方法。

1）所有阳声韵的字不是入声字。因古入声字都是以

［-p͆］、［-t͆］、［-k͆］结尾,韵尾音掉落后都是阴声韵。所以,阳声韵中没有入声字。

2)声母是不送气的塞音和塞擦音而读阳平的字是古入声字,即声母为"d、b、g、z、j、zh"的阳平字。普通话的阳平字有两个来源:一是来自古平声,二是来自古入声。而来自古平声的阳平字,如果声母是浊塞音、塞擦音,一般都读送气清音(即"p、t、k、c、q、ch"),不送气的只能是古入声字。

如:白、达、隔、足、直、节。

3)凡 d、t、l、z、c、s 等六声母跟韵母 e 拼合时,都是古入声字。

如:德、特、乐、择、侧、色。

4)凡 k、zh、ch、sh、r 五声母与韵母 uo 拼合时,都是古入声字。

如:阔、捉、绰、说、弱。

5)凡 b、p、m、d、t、n、l 七声母跟韵母 ie 拼时,都是古入声字。(其中"爹"例外)其他如 j、q、x、y 四声母与 ie 拼合时大多也是入声字。(其中"皆、街、嗟、茄、且、趄、耶、椰、爷、

也、冶、夜"例外)

如：别、瞥、灭、迭、贴、蕈、列;洁、切、野。xie:歇挟撷协
(只有这四个是入声)。

6)凡 d、g、h、z 四声母与韵母 ei 拼合时，都是古入
声字。

如：得、给、黑、贼。

7)凡声母 f、跟韵母 a、o 拼合时，都是古入声字。

如：发、佛。

8)a 与 f、z、c、s 拼时大都是入声("仨、洒"例外)

9)声母 j、q、x 与 ia 韵母拼合时，大多是入声。

10)凡读 ue 韵母的字，都是古入声字。

如：月、略、觉、雪。

11)xi 中阳平均为入声。shi 中阳平除"时"外都是
入声。

12)一字有两读，读音为开尾韵，语音读 i 或 u 韵尾的，

也是古入声字。

13）形声字类推法。

如"夹"是入声，则从其得声的"挟侠浃铗"等字也是入声可知。

以上方法，可以更好的帮助我们推断古入声字，分析古代诗歌。举例如下：

雨霖铃

（北宋）柳　永

寒蝉凄切，

对长亭晚，骤雨初歇。

都门帐饮无绪，留恋处，兰舟催发。

执手相看泪眼，竟无语凝噎。

念去去，千里烟波，暮霭沉沉楚天阔。

多情自古伤离别，

更那堪，冷落清秋节！

今宵酒醒何处？ 杨柳岸，晓风残月。

此去经年，应是良辰好景虚设。

便纵有千种风情，更与何人说？

这其中："切、歇、发、喳、阔、别、节、月、设、说"。虽不在同一韵部,但韵尾都属于短促的入声字(-t̚ 韵尾)。

受古代中国影响,日语也将入声的痕迹保存至今,使入声字的汉字在日文读音中,韵尾独立成另一个音节。除此之外,韩语、越南语入声字的有些读法,也十分接近现代南方汉语的发音。

Don Juan | Ernesto Ponzio 1898
Orquesta Tipica Victor | Alberto Gómez 1932

句三

至爱莫若不弃，至情不如至亲。

二零一三年一月二十二日

随作

我倾尽衷肠,遥遥相望。

有落叶回芳,春溪荡漾,孤月凝窗。

侧过身,一枕幽梦,泪两行。

二零一二年八月二十二日

省谈

· 本诗歌可作为不拘泥于格式的杂言散句。

· 用韵为平仄通押。

· "回芳"二字是妙笔,好似花过留有余香,此处叶落仍有芳回,似是归根入泥,生花香舍。这种内敛且醇厚的感觉,往往是花所带不来的。

· 说有"一帘幽梦",这里是"一枕"。

El Once 1924
Osvaldo Fresedo｜Roberto Ray 1935

X

诗歌鉴赏

本来觉得，诗歌鉴赏应该是最随心的部分，结果，后世人经过对历代鉴赏文章的研究总结，竟探寻出了无数的规律和方法，并有模有样的说将起来，让我不解。

鉴赏应该是来自有情感、有触动的文字，但在真正写出时，又最好能遵循无心、无意、无规则的随笔记录，这是有些难度。鉴，是镜子，宜有客观的真伪优劣之辨；而赏，则纯为主观，不在乎褒贬，享受即可，就是一段读后感。

并非只有懂诗者方能鉴赏，不知者亦可说一二。人总有感性，喜恶不同，应以表达为重。有说的人，就有听的人。交流之中，就是对诗的尊重，用鉴赏之文，作为通向诗歌本身的桥梁。这就应是刘勰所说的"缀文者情动而辞发，观文者批文以入情"。

如果将鉴赏当作学院派式的写作：我们分析语言、品味意象、总结风格、追溯背景、体会情感，那还不如去做个专业诗词理论研究者好了，真正鉴赏的乐趣当无从谈起。

大家若在乎想象，就请尽情驰骋；若有了联系、规则等因素的束缚，我们不妨换称其为"思考"；同样，切莫将品尝视为果腹；将鉴赏做成分析。

Fueron Tres Años | Juan Pablo Marin
Héctor Varela | Argentino Ledesma 1956

17

无题

情深方入梦，
思久才成文。
阴晴云中客，
圆缺有缘人。

二零一二年六月十二日

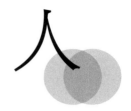

　　前几日得一旧友分享其老师的词作，读后感动之情无以言表，现列于下，与各位共慕。

临江仙·感怀

韩元茗

白昼花间饮酒，深宵窗下吟诗。
远方灯火笑人痴，
高楼皆幻影，小雨若青丝。

大梦醒而未醒，前程知也难知。
秋风一夜闹桑枝，
此心如野马，奔向少年时。

第四篇

杭汴

峡穿巴乌，城归襄洛。

18.

无声

野鹤青山外，
幽云溪谷中。
云垂升鹤唳，
振翅尽寒风。

二零一二年四月二十五日

联、联句、对联

律诗大多四联八句，单句曰句，对句称联。律诗中四联各有名称，按顺序作：首联、颔联、颈联、尾联。其中，颔联、颈联是要求严格对偶的。

"联"字最早是连接的意思。战国时文字的写法是："耳"在中间，左右两边是"丝"字。耳与面部相连，丝代表连绵不断，这是《说文解字》的说法①。段玉裁注说，"联"与"连"通

---

① （汉）许慎《说文解字》：聯，连也。从耳,耳连于颊也。从丝,丝连不绝也。会意。

用，只是周朝用"联"，汉朝用"连"①。《康熙字典》中，"联"还有合的意思。汉代以后，联开始用作诗文中的专有术语。

中国古典哲学中多以阴阳论万物，是谓"太极生两仪"。诗歌亦用此道，所以成篇者都是偶数句。偶数句即有上下之分，一上一下，合成一联。然而，汉魏古诗之"联"与唐代近体诗之"联"有着区别。

最初有联句，也叫连句、柏梁体。是詩人各作一句詩，輪流分吟，聯合而成的集體創作形式，多用于宴席及朋友間的酬应。相傳起於漢武帝柏梁臺詩②。

之所以称之为联，不仅有上下相连相合的意味，而且还注重对仗。这种对仗的工整性是随时代逐渐严格的，到了近体诗时最甚。可随便举一例子。

无边落木萧萧下，不尽长江滚滚来。

——（唐）杜甫《登高》

规则如下：

---

① （清）段玉裁《说文解字注》：周人用联字，汉人用连字，古今字也。
② 目前学者关于柏梁台诗的真伪仍存争议。

一、上下句字数相等。如这首《登高》的颔联,上下句各七字。

二、上下句词性相同。"无边""不尽"都是首字虚词的形容性短语;"落木""长江"都是用言＋体言的名词性短语;"萧萧""滚滚"都是叠字形容词;"下""来"则都是动词。

三、上下句平仄相对。这里上句是"平平仄仄平平仄,仄仄平平仄仄平"。

据以上规则,文人们还将联句单拿出来,形成一种新的文学形式,或写于纸、布上,或刻在竹木上,即为"对联"。对联经历过对偶、骈偶、律偶的三个阶段。所以,我常看到的对联中,有的还会对"字义"作严格的对仗。

若问大家知道如何区分上下联吗? 这里有个简单的办法:上联末字为仄声,下联末字为平声,我们遵循先抑后扬的规则。

Malvón | Antonio Oscar Arona-
Ricardo Tanturi | Enrique Campos 1943

19

随题

自撰双才木，
闲暇久未观。
末梢出绿嫩，
根本入深山。

二零一二年四月二十八日

省谈

· 此篇无题。

Adiós, Arrabal | Juan Baüer (Firpito) 1930
Ángel D'Agostino | Ángel Vargas 1941

20.

史湘云

天吹一抹云，
春草绿罗裙。
醉卧青石椅，
梦中犹似君。

二零一二年十一月二十五日

云

周汝昌先生曾推定最后湘云会同宝玉结有姻缘，估计代表了一部分读者的期盼。虽然这在86版电视剧中有所体现，但在学术界仍然饱受争议，甚至几被推翻。

若说湘云最吸引人的特质应该属其性格中男孩子的一面：灵动豁达、逸才侠态。金陵十二钗本就各有典故绘像，湘云则是"醉卧"。

正说着，只见一个小丫头笑嘻嘻的走来，说：'姑娘们快瞧云姑娘，吃醉了图凉快，在山子石后头一块青石板磴上睡着了。'众人听说，都笑道：'快别吵嚷。'说着，都走来看时，果见湘云卧于山石僻处一个石凳子上，业经香梦沉酣，四面芍药花飞了一身，满头脸衣襟上皆是红香散乱，手中的扇子在地下，也半被落花埋了，一群蜂蝶闹穰穰的围着她，又用鲛帕包了一包芍药花瓣枕着。众人看了，又是爱，又是笑，忙上来推唤挽扶。湘云口内犹作睡语说酒令，唧唧嘟嘟说：泉香而酒冽，玉盏盛来琥珀光，直饮到梅梢月上，醉扶归，却为宜会亲友。

——（清）曹雪芹《红楼梦》
第六十二回　憨湘云醉眠芍药裀　呆香菱情解石榴裙

说众人读《红楼梦》，自会在其中挑得一最喜欢的女子作为引领，来道出一系列心中的故事。湘云的中选率绝不会低于黛、钗。大方直爽兼有活泼可爱性格的湘云好像更贴近现代人的生活观。无论大繁之社会，还是小精之家庭，真正得体之处反而应宽非细，博而少机。这无疑成了湘云无与伦比的优点。她的旷达往往不是世外的清高孤傲，而是市井中的有趣。她总是一片本心，无贵贱之分，亦无高下之别，内心中的一片明媚，尽善于人，成就了侠女本色。

有诗句说：

数去更无君傲世，看来惟有我知音。秋光荏苒休辜负，相对原宜惜寸阴。

——枕霞旧友《对菊》

她就如云一般，去留无意，卷舒随心。

庙里有只汪
——LeiA 摄影

第五篇

内界
外世

体相无用，法心有我。

21

視今

縱橫科技今資本，
政治風雲經濟魂。
佛道虛空德少座，
浮華文藝虛榮身。

二零一三年八月九日

世

　　美国历史上第二任总统、《独立宣言》的五位起草人之一的约翰·亚当斯(John Adams)曾说:"我必须研究政治和战争,那么我的儿子们也许才会拥有研究数学和哲学、地理学、自然史、军舰建造、航海术、商业和农业的自由,以便给他们的孩子们研究绘画、诗歌、音乐、建筑、雕塑、织艺和陶瓷的权利。"

　　他所说的这些领域是没有高下之分的,也没有孰轻孰重,孰先孰后的关系。如果分别是外在的社会环境所迫,那就算内心再激动、再执着,也需要克服重重困难才可守住自己的一片天地。故而,让人们觉得那些政治、经济好像看起来要高于科学、艺术似的。

　　约翰·亚当斯在说这些话的时候,地球上平行时间的东方,是中国清朝的乾隆时期。中国,可是一个历来就有着高低准则的国度，"万般皆下品，惟有读书高"是中国人从小就被教育灌输的真理。那这个"读书"是多元的么？并非如此。所读之书在宋朝以后，尤其是指"儒学"著作。儒学引领中国文化的走向，除载以诗文外，其余皆是九流，是登不上大雅之堂的。这也是为何当时的诗人、画家常被当权者呼来喝去的原因，更何况那些经商的小贩、乐舞的优伶、甚至从事建筑、科技以及农业的人们都属于社会底层，备受欺凌。于是，所有的读书人都会去挤破头考取功名。与其说科举制度是衡量个人才能的考试，不如说它是道德礼教的过滤器。将儒学作为准则拦上一道坎，及格者，进入仕途；栽落者，就像下等民众般得过且过吧。儒学的学问真正通向的是功和名，而功和名是官僚和政治的领域，它成为中国的上层。这一套东西竟然上千年不衰，持续到了乾隆时期。乾隆一向闭塞固化，且洋洋得意不自知。他之后，自然分崩离析，使中国走向了衰落。

这里真正可悲的是中国文化的单一，也许唐宋还存留一些开放与多元文化所释放出的璀璨，但是南宋之后，就慢慢遗失殆尽了。西方则不同，虽然过去野蛮原始，但随着时间推移，反而越来越多元，越来越开放。人类就是这样进步的。在欧洲文艺复兴时期，其文化的多元性就逐渐彰显，对天文、物理等科学的追求，不亚于对绘画、雕塑等文艺的追求；对文艺的追求，也不亚于对哲学的追求；对哲学的追求，更不亚于对权力的追求。即使再有教会的迫害,战争的侵袭,物质的匮乏,都阻止不了人类在各个领域执着的进步。这才让如今的世界异常精彩。与之对比,同样时期的中国明清,文盲无知者不可胜数,整日浑浑噩噩,愚昧人生;纵是有志之士,奋发图强,也只能在儒学道德之下学好文章,文章之中,专研八股。即便是拿了状元及第,仍然对儒士之外的世界一无所知。所以,士僚者唯有将毕生奉献于朝廷,辅佐帝王,去努力创建和谐社会这一条路了。

我们需要感谢当代,当代的全球化进程。我们通过资源共享,通过科技进步,才得以及时学习到各个领域的知识。而这些知识,在转变为思想的过程中,完全能将每个人塑造成自己独特领域的专家,而且让这些专业有了长足的发展。正是领域的多元,方不妨碍我们成为形形色色的人,且每个人都同样精彩。

当代学生可以获得的学习领域太多了。每个科目都是一个大方向。除却基础的语文和数学,代表科学的物理、化学都是必修的内容,历史、地理也是文艺中至关重要的一环。大学时代,可选择的内容就更丰富了。我们的视野可以扩展到无限广阔,我们的思想也能延长至无限深邃。

于是乎,21世纪的人们,最应该注重的是教育。教育才是各个领域精益求精的基石。现在的少年早已不是历史上那些只有单纯环境接触的孩子们了。他们可能从小要掌握不止一门语言,学习不止一项技能。普通的知识并不能完全适应当今社会的需要。经济、政治同语文、数学一样基础,绘画、音乐同科学、哲学一样重要。语言更是如此,它不仅是知识,还兼有工具的职能。利用语言获取开阔的资源、信息,这绝对是必不可少的。

看！世界之窗一旦打开,风就会自由的流动;我们一旦被遥远的风景所吸引,就很难再回到封闭的小屋中。迈出大门,四处走走,不仅能带来新鲜的事物、健康的体魄,还有不一样的心情。

知识无高下,但智慧有,她从知识中来;性格无长短,但思想有,她从性格中显。没有什么东西是真正低贱无用的,它们无关有无,任何有用之用与无用之用都弥足珍贵。

Sur
Anibal Troilo | Edmundo Rivero 1948

Sarah
——LeiA 摄影

22

抄袭

世上便宜占不完，
占时切忌与人观。
贪得美句不持谢，
还把厚颜当笑谈。

二零一三年七月二日

省谈

·背景介绍：微博上，有人抄袭转载缈云老师的诗词，且并未标明作者。缈云老师言："这位@口袋诗词整首整首地拿，简直把我的诗词当成其自家仓库了。以下只是其微博的一部分。引用诗词，注明出处，这规矩应该懂吧?!"我读之忿忿而作此诗。

A Media Luz 1925
Edgardo Donato | Horacio Lagos 1941

厚同薄异,是中国人历来的传统。

古人所崇尚的"天下大同"思想,可不是人人相同的意思。曾在想,"法不责众"这句谚语或是国人至死不渝都要追求"相同"的原因。枪打出头鸟,谁愿意出头呢?滥竽充数才是最安全的。于是,大家都躲在人群中,大隐隐于市,最不易发现。那么,问题来了。所有人若都一样,那怎样升官发财,出人头地呢?最好的方法就是模仿。模仿优秀的人,向他们靠拢,然后再想办法超越。这样,就是在无风险的基础上,获得稳定增益。

在教育上,尤其如此。中国父母最爱说的几句话有:"你看看人家孩子。""你为什么就不能和他们一样呢?""同样的环境,他们能做到,你为什么做不到?"在应试的体制下,在成绩的鞭策下，孩子们的成长模式几乎相同，如同机械化工厂出来的零件，一模一样的排列在社会中。如果说真的有区别的话，那无非是在技艺的熟练程度上孰精孰拙而已。多么可悲的一件事，竟导致了民国后期再无大家。社会虽在前进，然而创新、尖端领域仍寥乏不堪。

在统一模式下成长的人们，模仿逐渐转化为抄袭。他们进入公司，抄袭技术；他们进入学校，抄袭论文；他们进入官僚体制，不遗余力抄袭作风、制度甚至说话本身。真是上下天光，一碧万顷，全无杂色啊。

这难道是"同"应该带给我们的吗？有"共同"便好，切莫"全同"，当世界的多样与精彩呈现于每个个体时，不应该是"不同"的吗？

Ay Aurora！| Carlos Gardel, José Razzano-1919
Juan D'Arienzo | Alberto Echagüe 1939

XII

典故

典故，最早是汉代掌管礼乐制度等史实者的官名。现在该意义转变为有关历史人物、典章制度的传说及故事。《辞海》或《辞源》中释为两义：今义即指诗文里引用古书中的故事或词句；古义则指典制和掌故之所合。典制是典章制度；掌故是國家的故事、史實、慣例。今义古义实际相通，我们是在古义的基础上，才有了今义的引用。

诗文中的引用正是典故的今义，它有着如下特征：

1）典故首先已于过去存在，再于今时引用。将来的事件尚未发生；当前的事件则直接叙述；唯有过去需要引用。

2）典故的引用是基于文学的，而非基于学术的。如考据、引证、解释、小说笔记中的引文等都不算是典故。

3）典故一定有来历，有出处；但有来历有出处的不一定是典故。

4）典故的表达方式多是提取曾经故事、名谚中的关键性词句，这些词句代表了其中的关键意义，有着高度的概括和缩略。

5）典故在引用前的样子可以是文章、名言、故事、传说等多种形式；引用后的样子则主要是词或句。这引用前的形式远没有引用本身重要。

6）典故的内容多是事件、人物或地点，其来源有传说、习俗、历史、神话、文学作品甚至宗教经文等。

典故的运用简称用典。它遵循一定方法：首先需要熟悉典故的内容，然后选取词句要精确，诗文中精确的不仅是意义，还有声律。同一典故中根据需要表达的内容不同，选用的关键字也不同。典故不宜生僻，还可用当下时事作为新典。一切表达重在传达情感，并非深邃就是好的。典故在传达和表现事物事理时毕竟是隔了一层，是一种由彼而产生的联想，所以诗词创作不宜多用。著名诗人钟敬文先生就曾说："靠着典故表现情思的作家，正像靠着拐杖走路的老人。"

23

句四

万事谁能知究竟，人生最怕是流言①。

二零一二年四月二十二日

---

① 流言：无根据或来源的话，多用於毁谤他人且广为流传。（唐）白居易《放言五首·其三》："周公恐惧流言后，王莽谦恭未篡时。"

言

先讲两个故事。

一、出自《战国策·魏策二》

战国时期,魏国有一良臣庞葱,将要陪同太子到赵国邯
郸作人质。临行之前,庞葱对魏王说:"今天有一个人说街市
上有老虎,大王相信这件事吗?"魏王答道:"不信。""如果有
两个人说街市上有老虎呢?"魏王答道:"那我就有些怀疑
了。""如果有三个人说呢?"魏王回答:"那我就相信了。"庞葱
说:"大街上不会有老虎这件事是十分明确的,然而三个人的
谣言竟成了真的老虎。今日我要去的邯郸,离大梁的距离比
我们到街市远得多,而议论我的人又何止三人?希望此后大
王能明察。"魏王说:"我自然知道。"

之后,庞葱辞行,但是谗言仍然陆续传至魏王耳中。当
太子的人质期满时,庞葱也未被召见回国。

此即为"三人成虎"之典。

二、出自《国语·周语上》

西周厉王为政暴虐，国民常在背后公开指责他。辅臣召公上报王说："百姓已对生活无法忍受了。"周厉王听后勃然大怒，找到卫国的巫师，让他去监视这些背后公开指责的人。只要是巫师上报的人，就杀掉。于是，国民不敢说话了，路上遇见，用眼神示意。

周厉王十分高兴，对召公说："我能平息他们的指责，他们都不敢说话了。"召公回答："你这是堵住了他们的嘴。堵住国民的嘴，比堵塞了河水还危险。河流壅滞到一定程度，必然溃堤泛滥；人民也是一样。因此，治水的人，会疏通河道使其畅通；治理民众的人，会引导宣扬使其畅所欲言。这里君王处理政事时，宜……"

结果周厉王并没有听从，在这种情况下国民没有敢吭声的。三年后，人们把这个暴君放逐到彘地去了。

此即为"防民之口，甚于防川"之典。

人是畏惧言论的，自古以来都是如此。言谈常作武器，毁人于无形。我们听到的，有真假；我们道出的，有善恶；创作的，有优劣；评论的，有褒贬。结果，偏于好的部分，权力者容易接受；而偏于不好的部分，则不能容忍。为防止不好的东西真正影响到自己，不如限制。宁错杀三千，不放过一个。
这反倒成了一种高效的办法，而极端带去的时弊他们已不太
在乎了。

　　除却偏听，有的人还难辨是非，更难断真假。是非基于
思想判断，真假亦是如此。若先有了主观带入，贴近自己的
为真，背斥自己的为假，那估计人之生活也没什么顿挫可
言了。

　　一切言论，皆有两面，因噎废食，那还要嘴作甚。

La Mariposa ｜ Pedro Maffia 1921
Osvaldo Pugliese 1966

第六篇

归去

微冷谁怕？ 风雨无情。

造鹿
——LeiA 摄影

24

燕归梁

一首流光①一首凉,

感朝暮匆忙。

春来冬去起寒窗,

蜂载蜜、蝶飞香。

昨宵惆怅②,明朝向往,

化作笔生香。

三言两语散春伤,

风依旧、水悠长。

二零一三年三月五日

① 流光:1. 随波流動的月光。(宋)蘇軾《赤壁賦》:"桂棹兮蘭槳,擊空明兮泝流光。" 2. 比喻光陰、歲月。(唐)李白《古風詩五十九首之十一》:"逝川與流光,飄忽不相待。"
② 惆怅:悲愁、失意。(晋)陶淵明《歸去來兮辭》:"既自以心為形役,奚惆悵而獨悲?"

词牌介绍

　　燕归梁：词牌名。又称高平晓，此名源于宋代周邦彦《燕归梁·高平晓》一词，现录于下：

燕归梁·高平晓

（宋）周邦彦

　　帘底新霜一夜浓。 短烛散飞虫。 曾经洛浦①见惊鸿②。 关山③隔、梦魂通。

　　明星晃晃，回津路转，榆影步花骢④。 欲攀云驾倩⑤西风。 吹清血⑥、寄玲珑⑦。

---

① 洛浦：luò pǔ 洛水之滨。（汉）张衡《思玄赋》："载太华之玉女兮，召洛浦之宓妃。"
② 惊鸿：惊飞的鸿雁。（三国·魏）曹植《洛神赋》："翩若惊鸿，婉若游龙。"
③ 关山：關隘與山峰。比喻路途遙遠或行路的困難。（唐）王勃《滕王閣序》："關山難越，誰悲失路之人？"
④ 骢：cōng《说文解字》：马青白杂毛也。
⑤ 倩：qìng 借助。
⑥ 清血：qīng xuè 指眼泪。（唐）杜牧《杜秋娘》诗："清血洒不尽，仰天知问谁？"
⑦ 玲珑：玉声；清越的声音。《文选·班固〈东都赋〉》："凤盖棽丽，龢鑾玲瓏。"李善注引《埤苍》："玲瓏，玉声。"

燕归梁此调最初见于宋晏殊的《珠玉词》,因词有"双燕归飞绕画堂,似留恋虹梁"句,故名。

燕归梁

（北宋）晏　殊

双燕归飞绕画堂。　似留恋虹梁①。　清风明月好时光。　更何况、绮筵张。

云衫侍女。　频倾桂醑②。　加意动笙簧③。　人人心在玉炉香。　逢佳会、祝延长。

以此词作定格,双调五十一字,前段四句四平韵,后段五句三平韵。具体如下:

《燕归梁》格律

⊙●○○●●△

◎⊙●○△

————————

① 虹梁:高架而拱曲的屋梁。《文选·班固〈西都赋〉》:"因瓌材而究奇,抗应龙之虹梁。"李善注:"应龙虹梁,梁形如龙,而曲如虹也。"
② 桂醑:guì xǔ桂花酒。亦泛指美酒。（北宋）苏轼《新酿桂酒》诗:"捣麝筛檀入瓠匏,盎中桂醑念离骚。"醑:古代用器物漉酒,去糟取清叫醑。同"湑"。
③ 笙簧:笙:管乐器名,一般用十三根长短不同的竹管制成。《说文解字》:"十三簧象凤之身也。笙,正月之音,物生故谓之笙。簧:乐器中用以发声的薄片。

⊙○⊙●●○△

◎⊙●

●○△

⊙○⊙●

○○⊙●

⊙●●○△

⊙○⊙●●○△

⊙⊙●

●○△

　　该调变格颇多，其源皆出于此也。柳永"织锦裁篇"词注"正平调"，"轻嗳罗鞋"词注"中吕调"。换头四字两句者，有张先、石延年、谢逸、周邦彦诸作，其余或摊破句法、或减字、或添字。此词前段第二句，作上一下四句法，张先词，作"河汉净无云"，周邦彦词，作"短烛散飞虫"，与此小异。晏词别首，前段第二句"呈妙舞开筵"，呈字平声，妙字仄声；张先词，换头二句"水晶宫殿，琉璃台阁"，水字仄声，宫字、台字俱平声；谢逸词，第三句"锦字杳无期"，锦字仄声，谱内可平可仄据此。以上举例皆可查录。

　　现举该调他格名篇两例，列于下，请欣赏：

燕归梁

（北宋）欧阳修

风摆红藤卷绣帘。 宝鉴慵拈。 日高梳洗几时忺①。 金盆水、弄纤纤。

髻云鬟䱪②残花淡，各娇媚、瘦岩岩③。 离情更被宿醒④兼。 空惹得、病厌厌⑤。

燕归梁·风莲

（宋）蒋 捷

我梦唐宫春昼迟，正舞到、曳裾⑥时。 翠云队仗绛霞衣，慢腾腾，手双垂。

忽然急鼓催将起，似彩凤、乱惊飞。 梦回不见万琼妃⑦，见荷花，被风吹。

---

① 忺：xiān 高兴；快乐。
② 䱪：duǒ 下垂。
③ 岩岩：瘦削的样子。（唐）薛能《吴姬诗十首之一》："夜锁重门畫亦监，眼波嬌利瘦巖巖。"
④ 醒：chéng 酒醒后神志不清有如患病的感觉。《说文解字》：病酒也。一曰醉而觉也。
⑤ 厌厌：虚弱生病的样子。
⑥ 裾：jū 衣服的前后襟。
⑦ 琼妃：美女、仙女。

感

　　有相识未相见的两位词友，常互为唱和。一位久作，授之文墨；一位新学，益进补缺。暂且给两位起个名字先，以便于叙述。新学者不妨叫"石归"，久作者可叫"一瞬"。

　　初春尚寒，情动而暖。我又在一日清晨，听到了两位不错的作品。"石归"有感慨先作一词：

燕归梁

几许婉约①扶西窗，见春意凉凉。
长风静默秋千旁，冷柔荑②，淡眉妆。

---

① 婉约：1. 委婉含蓄。2. 柔美。
② 柔荑：róu tí。初生的茅芽，色白且柔嫩，用以比喻女子的手细白柔美。《詩經·衛風·碩人》："手如柔荑，膚如凝脂。"

绿影参差，横枝遮阳，懒数旧时光。

借榻品茗一壶香，起水袖，悲秦腔①。"

　　一听便知是女孩儿。风过得久了，手冷妆淡，感到凉意
习习。秋千在摆，树影在摇，时光很快就逝去了。正午喝杯
茶，这水袖也蛮有趣。可惜回忆总是悲凉的，估计她是西北
人，西北春天来得晚。臆测到此，给这首取个名字吧，一字以
蔽之："凉"。

　　早起作诗，多么快意。更何况稍寒的景致中读到此词，
定有些感触。于是乎，"一瞬"前来相和，选用同样的词牌，同
韵部，但不同字，有了下面的作品：

燕归梁

一阕翻开忍带霜？　扰昨日茫茫。

幽香睡在白云旁，等风醒、拾流光。

晨曦浮动，轻如蝶梦②，不记几多场。

---

① 秦腔：一种流行於西北各省區的板腔體劇種。由陕西、甘肃一带的民歌发展而成的，是梆子、腔的
　　一种。其在同州梆子的基礎上，經過近百年的发展而成為秦腔。也叫"陕西梆子"。
② 蝶梦：莊周在夢中化身為蝴蝶的故事。典出《莊子·齊物論》。後亦指睡著所做的夢。

回眸依旧倚青窗，无尘影、淡罗裳。

明显觉得"一瞬"的经历要丰富些。昨日茫茫在梦中，今天的现实在窗前。我犹为喜欢"幽香睡在白云旁，等风醒，拾流光"的句子。你说这"流光"是真的光华呢？还是那不可捉的光阴呢，很难辨别，但唯有珍惜方能拾起。珍惜之后，回到的依旧是"无尘影、淡罗裳"。这才是流光的真正意义吧。

面对回忆的抒情，文字越发的无力。我望见的是"凉"、是"流光"，却没有什么欢快的心思。那也去和一首罢：晨起、春寒、昨宵、今日、明朝，让文字带去积极，扫却低沉，用平静的内心换得淡而生香的每一天。

Boedo
Julio De Caro 1928

25

赴约途中作

昨夜微听网上音，
便传话语寄子衿①。
今时小雨凉凉意，
惭愧②相约久候心。

二零一三年六月二十二日

---

① 子衿：学生。或亦指女子思其所爱者之詩。衿：jīn 即襟也；亦即衣领。《詩經·鄭風·子衿》："青青子衿，悠悠我心。"
② 惭愧：羞愧。侥幸，难得。（宋）林逋《梅花》："惭愧黄鹂与蝴蝶，只知春色在桃溪。"

省谈

· 背景介绍：老友笑之四年前于网络上相识，素未谋面，常电话久聊。交流的多是各自进展，以相互鼓励。他较我年轻不少，擅钢琴，熟乐理；学业优异，英语亦不错；刚二十，即进入香港大学硕士研究古文字和佛学。这是我们的共同爱好，各有所得。是年夏至，他来北京大学交流，终于得见。赶赴相约地的途中，还在思索他的模样，或一表人材，或庄重雅致，或气宇轩昂。正在着急担心迟到之际，作了此诗。

· "微听"意在表达对方很小声，还想说是讯息的朦胧。

· "凉"字叠用是为了体现温馨的效果。

Bahia Blanca -
Carlos Di Sarli 1957

待

这是一个等待的故事。

人间处处有等待,但等人的心境是各有不同的。先到者先候,迟到者途候,谁的心都休息不得。被等的人是以怎样的心态来度过这将要结束等待的时间呢?我们不知,或悲或喜,或虑或舒,都是人与人之间的故事。

曹植踱七步作诗,曹丕在等;文王寻高士得遇,吕尚在等;街巷辩众人言,苏格拉底在等;苍穹观星斗移,伽利略在等;哀其不幸,怒其不争,鲁迅在等;海陆尸满,军兵战即,丘吉尔在等;画笔之前的灵感,毕加索在等;机遇之中的投资,巴菲特在等。等待者,无不需要耐心;被等待者,是急是缓,是人是物,已不再重要了。

昨日是我在等一位朋友,今日是朋友在等我。等待之中,即会发生很多事;我们常会用错过的成本换取那个等待的结果。结果是否满意,不在于等待的过程,而在等待之前。凡所有等,皆是自愿;凡所有待,都是必须。所以,我们又何须挂心这其中的一二呢?

　　故事也无非是心中所想罢了。

　　等待只是例行公事,除了等待之中的可作可为,真正决定我们的,还是在等待之前。

Mi Dolor | Carlos Marcucci -1926
Alfredo De Angelis 1957

26

七律·次韵缈云老师春回诗

花上婳娜①柳下缠②，花扶枝露柳垂烟。

西湖花绽太白梦，隐寺柳弹居易弦。

闲步问花清涧③上，数言折柳断桥前。

信由春绪④随风过，一柳一花亦万千。

二零一三年三月九日

---

① 婳娜：轻盈柔美貌。《玉台新咏·古诗为焦仲卿妻作》："四角龙子幡，婳娜随风转。"
② 缠：围绕、缠绕。（北宋）苏轼《浣溪沙》："迁客不应常眊眛，使君为出小婵娟。翠鬟聊著小诗缠。"
③ 涧：《说文解字》：山夹水也。（唐）王维《鸟鸣涧》："月出惊山鸟，时鸣春涧中。"
④ 春绪：春之情绪。（宋）秦观《睡起》："睡起东轩下，悠悠春绪长。"

省谈

- 背景介绍：此作是一首与网上朋友们的和诗。
- 原诗为缈云老师所作律诗：

七律·春回

庭院清幽柳下缠，窗台红影绕寒烟。
久牵故国三更梦，遥寄青山十五弦[①]。
风抱梅香书案上，水流桂月画楼前。
早逢花信思莺语，春到柴门绪万千。

- 石归和七绝一首：

七绝·和缈云春回诗

柳絮拖黄小院间，

---

① 十五弦：十五弦是二胡定弦中的一种，为基础定弦。即内弦为"1"，外弦为"5"的定弦。一般情况下，凡是最低音为"1"的乐曲都可采用十五弦来拉奏。

东风高枕梅花香。

心随梦里浮舟客，

身锁朝中名利旁。

· 此篇为我次韵老师一首，并赠与挚友。

· 此诗作为杭州故事，提到西湖和灵隐寺，提到断桥。

· 此诗提到李白及白居易。

· 此诗有"泪眼问花"和"折柳"的典故。

Adiós，*Nonino* 1959
Astor Piazzolla -

聚

久不至杭州。杭州会挚友。

　　杭州是我在中国最喜欢的城市之一。来的第一天，便租了一辆自行车，环西湖一周。苏堤烟渚，白堤横断。春晓即是当下，秋月残雪待来年。话说许仙和白娘子不就在断桥相会？小船悠悠，徘徊湖上。其中又可曾有邂逅？苏东坡主持修筑时，映波锁澜，跨虹望山，竟随时间辗转至今。鲁迅先生说雷峰塔已经倒掉，当代翻修，不见故影。所以，很多人移步至南京古鸡鸣寺。同是新建佛塔，好像那里更复古些。

　　江南忆，最忆是杭州。山寺月中寻桂子，郡亭枕上看潮头。何日更重游！

——（唐）白居易《忆江南·其三》

西湖畔山麓,建有灵隐寺。寺庙恢弘广大,建筑层叠栉比,林荫繁茂,深钟古院,成为我翌日的行程。南方与北方不同,空气湿润不说,诗中飘着一段清香。细细闻来,是春季百花。若是深秋,桂花满树,别有不同。北方则异常糟糕,尤其是华北,初秋即厚霾上行,不见天日。

杭州三日,只逢傍晚同挚友相聚。她白天工作,轻松的时候也只有晚上。吃吃杭帮菜,湖边散散步。景色能唤起很多旧时的回忆。但据科学研究说,人类的记忆实际是不精确的。当时的经历,在数年后记起时,很可能早已冗杂错乱,不能确定。只有我们自己还信以为真。西湖也是如此,今人看到的和古人看到的,必然大有不同。更何况中国人好像并不太喜欢存古,日日新,又日新反而常挂嘴边,以至于我们现在看到的物非人非,仅仅是装装样子罢了。不过庆幸的是,和挚友相叙,却有物非人是之感,这多半源于彼此的信任。就算生活不同、地域各异、时间过往,只要人和人的寄托尚在,那相信的必会真实,而这真实便会化作浓厚的情感。凡有相聚,就唤醒一次。好似这春风,年年湖上,岁岁起伏。

涟漪便如同生活持续的样子。

之后回京,杭州的记忆幻化成诗。今年再观,回忆如故,但心境已和曾经的诗作大有出入。看来急需唤醒的情感更注重当下,而绝非记忆的残续啊。

XIII

和诗

诗歌创作并不是诗人的孤寂。诗与诗间也有交流，"唱和"即为最常见的一种。

当诗歌由两首以上形成一组，第一个被创作出来的作品成为引领主题，其余诗歌依此或顺依而作，便为"和诗"。这组诗中所有的作品既可以是一个诗人独立完成，也可以是多个诗人共同完成。此方式常用作为朋友间的联谊、答谢和唱酬，且它们一定是对别人的诗词有感而发的作品。此法十分有助于诗歌技艺的提高。"和"读 hè，是唱和、附和的意思；专指依照别人诗词的题材或体裁再创作。

和诗多依据用韵方式的不同分为四种形式：

1）和诗：只作诗酬和，不受原诗韵脚的限制。

2）依韵，亦称同韵，和韵。即和诗与原诗同属一个韵部，但不必用其原诗词的韵脚。

3）从韵，也叫用韵。即和诗虽用原诗韵脚，但韵脚不必按照原诗的次序。

4）步韵，又叫次韵，即和诗与原诗不仅同韵，而且韵脚与原诗必须一一对应。

这里，我们举一步韵中最有名的例子。先看原诗：

水龙吟

（北宋）章　楶

燕忙莺懒芳残，正堤上柳花飘坠。轻飞乱舞，点画青林，全无才思。闲趁游丝，静临深院，日常门闭。傍珠帘散漫，垂垂欲下，依前被风扶起。

兰帐玉人睡觉，怪春衣雪沾琼缀。秀床渐满，香球无数，才圆却碎。时见蜂儿，仰沾轻粉，鱼吞池水。望章台路杳，金鞍游荡，有盈盈泪。

苏轼读后，和出一首古今名作：

水龙吟·次韵章质夫杨花词

（北宋）苏　轼

似花还似非花，也无人惜从教坠。抛家傍路，思量却是，无情有
思。萦损柔肠，困酣娇眼，欲开还闭。梦随风万里，寻郎去处，又
还被、莺呼起。

不恨此花飞尽，恨西园、落红难缀。晓来雨过，遗踪何在，一池
萍碎。春色三分，二分尘土，一分流水。细看来，不是杨花，点点
是离人泪。

这首和词，完胜原作，就当原作吧。

关于和诗如此精辟的分类，早在清朝学者吴乔就有过
阐述：

和诗之体不一：意如答问而不同韵者，谓之和诗；同其韵而不同
其字者，谓之和韵；用其韵而次第不同者，谓之用韵；依其次第者，
谓之步韵。

——（清）吴乔《答万季野诗问》

补充一句，如果和诗意犹未尽，再和一首，就叫"迭韵"。

Penser - 01
——LeiA 摄影

27

忆昆明

那时独自望西山，
恐惊伊梦不敢攀，
清风拂柳卧湖边。

今日归来相思意，
化落滇池常相伴，
何苦留情在人间。

二零一二年六月二十三日

省谈

· 背景介绍：当月又游昆明，触回忆，作此诗。

· 此为七言古体诗，只有六句。其中三句作一节，共上下两节。其与词牌"浣溪沙"大有不同。

· 诗中的"西山""滇池"坐落于昆明市西南部。滇池西边即为西山。滇池是云南省最大的淡水湖泊，有盘龙江等河流注入。"滇"是云南省的简称，本义就是中国西南部滇池周边的地域。《说文解字》中"滇"的解释是益州池名。

Azabache | Enrique Francini，Héctor Stamponi
Miguel Calò | Raúl Berón 1942

迹

　　云南在我心中的地位一直都不太一般。

　　是地域因素？是气候因素？是人文因素？还是自己的心理因素？我无从得知。想想抗日战争初期，北京大学、清华大学、南开大学三所学校南迁至昆明，组建西南联合大学，其选址于此，一定是有所道理的。

　　关于这里，我只想录几场回忆。

　　一

　　我还是少年的一个七月，同邹陈生走在滇池边。邹陈生长我至少两轮，有着老年的性格、中年的身材、青年的眼神和少年的笑容。他说在昆明要经常带把伞，因为这里的天公阴晴不定，也许说晴却下雨，而举伞天又晴。我觉得蛮有趣，心里还老期盼着。

他说，别看现在如此，四季如春，但传说，曾经的这里是干旱无水的。当时，便有位年轻猎手，告别了妻子，前往东海寻找水源。一日，猎手走在海岸，突然见一只鹰从水面叼起一条小红鱼。猎手便迅速举箭射下老鹰，救下了这条鱼。没想到，这小红鱼是东海龙王的三公主。东海龙王见此猎手英俊善良，想把三公主许配给他。但猎手因为惦念妻子，执意不肯。于是，龙王将其变成了黄龙，困于东海。黄龙一直忘不了对家乡和妻子的思念，一天他趁龙王不备，放开量喝足了东海的水，悄悄飞逃回了昆明。然而，妻子因为思念过度，早已过逝，化作睡美人山。这就是眼前的西山。

你看，最右边是长发，然后额头、高起的鼻梁、嘴唇、胸部、之后是腹部连接着修长的腿。看她静躺在那里是多么的美啊。黄龙见此悲痛欲绝，他将所吞东海之水全部倾倒出来，化作滇池，始终陪伴在妻子身旁。昆明也因此变得水源丰沛，越来越富饶美丽。

"我们现在滇池旁，可望见整座西山；等一会儿登上西山，便又可望见整座滇池。"邹陈生还说，"云南有一怪：这边下雨那边太阳晒。"

二

邹陈生说："这中国西南远不同于大西北，生活风俗迥异。你听说过云南十八怪吗？先说这第一怪：姑娘像老太，老太像妖怪。哈哈哈。你看这满街的女子都不太好看吧，就是这个原因。"

说云贵高原紫外线强，这里的人皮肤普遍偏黑，而长相又偏东南亚和南亚的人种，尤其是傣族，所以看起来这里的女子好像总比实际年龄要显老一些。当然，还有一说是云南地区口音的问题，喊姑娘指姑与娘，而姑姑与娘娘则喊为老太，所以你问姑娘他说老太，喊老太也就是内地人所称的小姨。地域决定语言和文化，云南是中国具有少数民族最多的省，加上汉族共有 26 个民族。通婚与民族融合，是影响这里人种长相的一个重要因素，不可偏颇。

我还记得一怪是"三个蚊子一盘菜"。那日正在吃火锅，边墙上缓缓地飞着一团像是蒲公英般的生物，定睛一看，竟然像是蚊子！我还不知所措的问了一句。没想到不是像，而是货真价实的蚊子。这得吸我多少血呢？结果那天饭都没怎么吃，注意力全在蚊子上了。以这体型与份量凑一凑当然能顶菜，蚊子腿是肉的说法，此处绝对得到了证实。

如今，大部分的怪我都已忘却了，好像只记住了些不太好的。不同就是不好吗？也不见得，但当时的我实际是接受不了的。我曾问邹陈生，你初来此地时习惯吗？他说："见怪不怪就好了。"

三

　　这里的人喜欢吃过桥米线，典故我就不讲了。当看到生鸡蛋直接下到汤里时，我在担心如果找不到了该如何是好？如果没熟不就同汤融在一起了吗？少年的我总会想一些不着边际的问题。米线的汤是鸡汤，鸡中厚厚的油脂有助于保持汤的高温。送给亲人时，食物的温暖就如同自己温暖的心一般，带去了情意。于是，流传下来的食物其实保留的是那份故事。这也是我第一次吃米线，开启了崭新的领域。

　　邹陈生说："小心烫，但千万也别放凉了吃。"

结句

　　在云南的日子，我其实能记得很多有趣且动人的故事，但不知为何只写了枯燥的这些，可能是为了映衬词的短小吧；也好像不是，就这样吧。

　　对了，邹陈生还说："想要有故事，那什么都可以有故事；同样，有意义也是这样。"

El Adiós ｜ Maruja Pacheco Huergo 1937
Edgardo Donato ｜ Horacio Lagos 1938

28

忆成都

七载不曾见，无声又两年。

春秋①常忆起，恍惚②是昨天。

今世多风雨，今我却寡言。

偶倚书作枕，梦却到枕边。

枕边月依旧，清辉送眼前。

人月虽隔远，心月天地间。

相知常相待，纵有阴晴日，缺圆亦婵娟③。

二零一二年十月十日

① 春秋：泛指四时。（南宋）辛弃疾《水调歌头》："上古八千岁，才是一春秋。"
② 恍惚：隐约模糊，不可辨认。神志模糊不清。（魏晋）蔡琰《悲愤诗》："见此崩五内，恍惚生狂痴。"
③ 婵娟：形容姿态曼妙优雅。美女、美人。形容月色明媚或指明月。（唐）刘长卿《湘妃》："婵娟湘江月，千载空蛾眉。"

省谈

—

· 本诗有一些修辞手法的处理。分别是：

1）一联的上下句句首采用同一个字,使两句的意义产生对比效果。如：第三联的两个"今"字。

2）一联的上下句都有同样的字,使两句的意义递进或强调。如：第四联的两个"枕"字。

3）顶针,重在相邻两句的流水接续。如：在第四联句末及第五联句首的"枕边"一词。

4）"阴晴""缺圆"相互照应,借用了苏轼《水调歌头》中的名句。

Gran Hotel Victoria ｜ Feliciano Latasa 1906
Juan D'Arienzo 1966

隔

　　不知是何时起，她没有音讯了。是突然的，在我的世界里消失了。我唯独能相信的，仅仅是她还活着，只是因为一些缘由而断绝了联系。

　　这一断，便是三年。

　　之后，又是三年。尽管附了些对话，也绝非往昔了。此后或还会有数年之无缘，不可知。未发生之事，又何必希冀与揣测，照旧经年累月是要紧。

　　中有一日竟骤得对方声气，故音未淡，惊喜冲神。默默相隔，尴尬少语。却以为此后自然如常。

　　一帘心隔，终难落。我这是妄自幻思了。

　　之后，再如何，待来日时作。

音韵学概说

XIV·

章太炎谓小学有三：文字学、音韵学、训诂学。音韵学是关于汉字声音的学问，这在古典诗歌中尤为重要。我们要了解汉字曾经的读音规律，还要了解语音的历史演变。汉语语音古今沿革，大有不同。对各时期汉语音系进行音类的分析和音值的构拟，亦是现代音韵学的一个部分。

汉语语音在中国历史的分期，有四个阶段。

1）上古语音：指两汉及之前的汉语语音，主要以先秦时期为主，《诗经》的语音体系是代表。中国各地方言混杂，皆有差异,且尚无韵书等资料可理。

2)中古语音:指从魏晋到两宋的汉语语音。诗歌、词的兴盛在这一阶段促进了语音的规范。可参考的韵书有:隋代陆法言的《切韵》,北宋官方由陈彭年等编著的《广韵》。

3)近古语音:指元、明、清时期的汉语语音。此时北方与南方的语音体系已形成了明显差异。现代汉语普通话的语音体系就是以这时期的北方方言为基础的。初期的代表韵书是元代周德清的《中原音韵》。

4)现代语音:指从晚清、中华民国起至今的汉语语音。目前,中国大陆是标准汉语普通话,是基于北京话为基础的北方语音体系。同时也存在有南方各地方言,形成了中国的七大方言,发音方式各有不同。在台湾,除了标准的国语外,闽南语及客家话亦是通用的语音体系。

中国古典诗歌,主要研究的语音体系是中古时期。

音韵学的基本概念主要分为:声、韵、调三个部分。

一、声:指声母,又称"声纽""纽"。源于反切法的上字,是汉字读音的首部。唐宋时已确定的声母有 36 个。关于声的概念有如下两个分类:

1）五音：指声母按人的发音部位分类：唇、舌、齿、牙、喉。还有七音的说法，是加上"半舌"和"半齿"。

2）清浊：指声母发音时声带颤动与否。不颤动者为清音，反之为浊音。再细分之：不送气清音为全清，送气清音为次清；塞音、塞擦音、擦音为全浊，鼻音、边音、半元音为次浊。

二、韵：指韵母。源于反切法的下字。是汉字读音的韵腹及韵尾部分。《广韵》中，已划分韵部206个。其中每部的代表字称为韵目。关于韵的概念亦有一些分类：

1）呼：宋元等韵图根据韵头或主要元音有无[u]而把韵母分为开口呼和合口呼两类。实际上就是圆唇和不圆唇的区别。如今语音的演变，韵头出现了[i-]、[u-]、[y-]三类，再加上不使用这三个韵头的，成为了现在的四呼。

2）韵尾分类：有三类：阴声韵指开韵尾和元音韵尾的韵。阳声韵指鼻音韵尾的韵（-n、-m、-ng尾的）。入声韵指收塞音韵尾的韵（[-k]、[-t]、[-p]收尾）。

三、调：指声调。古声调有平、上、去、入四声。

以上为音韵学的一些初步知识,旨在学习了解古音。总之,汉语语音是不断变化的,古今不同。这就是为何我们读曾经的有些诗词不押韵,共同声旁的汉字不谐声的原因。

Recién | Osvaldo Pugliese
Pedro Laurenz | Alberto Podestá 1943

29

雨檐庭座温茶煮酒

小雨绵绵①别有神，
携②君谈笑懒出门。
原来煮酒论英雄，
却是温茶忆故人。

二零一三年七月二十八日

---

① 绵绵：形容连续不绝。（北宋）欧阳修《浪淘沙》："万恨苦绵绵。旧约前欢。"
② 携：牵手。牵挽：挽扶。带，随身一道。《说文解字》：提也。（北宋）苏轼《定风波》："与客携壶上翠
微。江涵秋影雁初飞。"

省谈

· 第三句末尾的"雄"字平声着实不太合适。

· 此处借用《三国演义》中曹操邀刘备于小亭青梅煮酒论英雄的典故。

· 茶常叙旧,酒多送行。

· 该诗置于结尾处实为承转,接续过往,以待来今。

Remembranza ｜ Mario Melfi 1934
Osvaldo Pugliese ｜ Jorge Maciel 1956

不畏前行,不忘早归。

这是本诗集的核心,更是该系列的核心。

前行,代表人类的明天。明天将会是进步。进步需要不断前行,故而坚持为必须;进步需要敢于前行,故而勇气是必须。勇气在先,坚持断后,无有不成。

早归,代表人类的昨日。昨日已是沉淀。沉淀中有思想、有财富、有经验、有进化,甚至有情感、有故事、有语言。这一切都需要我们回头看看,是沉淀的积累让时间的进程有了高度,它也是前进的动力。我们要记于心,方能再开始、再前行。由迩及遐,繁聚寡离。常驻足回首即为早;多惦念总结便是归。莫失莫忘。

人世难得友，挚情多不言。谢福到识君，携与谈笑。

去酒来茶自此生。

La Cumparsita | Gerardo matos Rodriguez 1924
Juan D'Arienzo 1937

几何- 01
——LeiA 摄影

附 录

作者二零一三年前
其他诗作收录

1

天香

映月余辉,赤云斜照,数步黄昏不落。

正倚书旁,袖边香沁,佳丽容颜花若。

语声相侧,穷尽处,何尝不舍。

同享堂前心话,飞墨常馨常乐。

西子冰清玉彻,却不如,芳菲盈卧。

咫尺奈何不见,上苍怜我,几案齐肩倚坐。

望明月,情牵潇湘客。

叶漫风随,云开雨过。

2

卜算子

笔重室居寒，神聚心犹记。

夜过日升终不察，晨懒妆梳起。

细柳扶枯枝，摇曳待春至。

莫叹凄凄凛冽风，苍土出新绿。

3

生查子

万佛青秀颜，玉立非凡色。

我自应同心，佳人咫尺过。

同是秀青竹，伴伊花始落。

多情随风行，花尽芬芳陌。

4

望泰山日出

众手托红日，掌中琥珀珠。

覆翻金线碎，细指丽云乌。

5

浪淘沙

帘外月何求,皎皎凝眸,依稀寂寞纸中游。

寥寥星辰抚泪过,长恨方休。

几案芬芳留,已是金秋,潇湘脉脉寄扁舟。

柳道相逢徐叶坠,细雨悠悠。

6

梦醒几回夜雨寒,空枝落泪地阑珊。

银光万里潭中物,风过涟涟碎影还。

7

相视案前酒互斟,月移荆楚照金门。

坠花窗外春风落,梦里芬芳满乾坤。

8

醉花阴

幕掩落花烛欲坠,倚案心交碎。

星渺月凝霜,不是浮云,洒下千行泪。

依依柳断风憔悴，接袖旁芳蕊。

只望见罗裙，岁岁年年，相忆终无悔。

9

落月挂秋水，

唇红展蹙眉。

一滴飞雨过，

风尽不相随。

10

三年携手已如风，

相忆相知似梦中。

虽是寒秋明月暖，

叶飘满目作春红。

11

回和田广幸

提笔墨飞花自香，

乾坤肚里有文章。

一诗一句诉心意，

烦请先生赐衷肠。

12

濛濛晨雾露融天，
斜柳行人来去闲。
落叶凄凄同是客，
逢君起舞述新源。

Adiós, Muchachos | Julio César Alberto Sanders 1927
Guillermo Barbieri，José Ricardo | Carlos Gardel 1928

书中引用名家名文欣赏

《文章流别论》

（晋）挚　虞

　　文章者，所以宣上下之象，明人伦之叙，穷理尽性，以究万物之宜者也。王泽流而《诗》作，成功臻而《颂》兴，德勋立而铭著，嘉美终而诔集。祝史陈辞，官箴王阙。《周礼》太师掌教六诗：曰风，曰赋，曰比，曰兴，曰雅，曰颂。言一国之事，系一人之本，谓之风；言天下之事，形四方之风，谓之雅；颂者，美盛德之形容；赋者，敷陈之称也；比者，喻类之言也；兴者，有感之辞也。後世之为诗者多矣。其功德者谓之颂，其馀则总谓之诗。颂，诗之美者也。古者圣帝明王，功成治定，而颂声兴，于是史录其篇，工歌其章，以奏于宗庙，告于鬼神；故颂之所美者，圣王之德也。则以为律吕，或以颂形，或以颂声，其细巳甚，非古颂之意。昔班固为《安丰戴侯颂》，史岑为《出师颂》、《和熹邓后颂》，与鲁颂体意相类，而文辞之异，古今之变也。扬雄《赵充国颂》，颂而似雅，傅毅《显宗颂》，文与周颂相似，而杂以风雅之意；若马融《广成》、《上林》之属，纯为今赋之体，而谓之颂，失之远矣。（《艺文类聚》五十六，《御览》五百八十八。）

赋者，敷陈之称，古诗之流也。古之作诗者，发乎情，止乎礼义。情之发，因辞以形之；礼义之旨，须事以明之：故有赋焉，所以假象尽辞，敷陈其志。前世为赋者有孙卿、屈原，尚颇有古诗之义。至宋玉则多淫浮之病矣。楚辞之赋，赋之善者也。故扬子称赋莫深于《离骚》。贾谊之作，则屈原俦也。古诗之赋，以情义为主，以事类为佐。今之赋，以事形为本，以义正为助。情义为主，则言省而文有例矣；事形为本，则言当而辞无常矣。文烦省烦，辞之险易，盖由于此，夫假象过大则与类相远，逸辞过壮则与事相违，辩言过理则与义相失，丽靡过美则与情相悖：此四过者，所以背大体而害政教。是以司马迁割相如之浮说，扬雄疾「辞人之赋丽以淫」，（《艺文类聚》五十六，《御览》五百八十七。）《书》云：「诗言志，歌永言。」言其志谓之诗。古有采诗之官，王者以知得失，古之诗，有三言四言，五言六言，七言九言。古诗率以四言为体，而时有一句二句，杂在四言之间，後世演之，遂以为篇。古诗之三言者，「振振鹭、鹭于飞」之属是也。汉郊庙歌多用之。五言者,「谁谓雀无角,何以穿我屋」之属是也。于俳谐倡乐多用之。六言者,「我姑酌彼金罍」之属是也,乐府亦用之。七言者,「交交黄鸟止于桑」之属是也,于俳谐倡乐世用之。古诗之九言者,「洞酌彼行潦挹彼注兹」之属是也,不入歌谣之章,故世希为之。夫诗虽以情志为本,而以成声为节。然则雅音之韵,四言为正,其馀虽备曲折之体,而非音之正也。(《艺文类聚》五十六)

《七发》造于枚乘,借吴楚以为客主,先言出舆入辇蹷痿之损、深宫洞房寒暑之疾、靡曼美色晏安之毒、厚味暖服淫曜之害,宜听世之君子要言妙道,以疏神导引,蠲淹滞之累;既设此辞,以显明去就之路,而后说以色声逸游之乐,其说不入,乃陈圣人辩士讲论之娱,而霍然疾瘳;此因膏粱之常疾以为匡劝,虽有甚泰之辞而不没其讽谕之义也。其流遂广,其义遂变,率有辞人淫丽之尤矣。崔骃既作《七依》,而假非有先生之言曰。呜呼!扬雄有言「童子雕虫篆刻」,俄而曰「壮夫不为也」。孔子疾「小言破道」,斯文之簇,岂不谓义不足而辨有馀者乎!赋者将以讽,吾恐其不免于劝也。(《艺文类聚》五十七,《御览》五百九十。)

作者简介:

挚虞(250年—300年),字仲洽,京兆长安(今陕西西安)人,三国时期魏国太仆卿挚模之子,西晋著名谱学家。泰始年间举贤良,担任中郎,后任太子舍人、闻喜县令、尚书郎。元康年间,迁任吴王之友,后历任秘书监、卫尉卿、光禄勋、太常卿。后因遭乱饿死。著有《族姓昭穆》十卷,《文章志》四卷,注解《三辅决录》等。

《文心雕龍·明詩·第六》

刘 勰

　　大舜云詩言志，歌永言。聖謨所析，義已明矣。是以在心為志，發言為詩。舒文載實，其在茲乎！詩者，持也，持人情性；三百之蔽，義歸無邪。持之為訓，有符焉爾。

　　人稟七情，應物斯感；感物吟志，莫非自然。

　　昔葛天樂辭，玄鳥在曲；黃帝雲門，理不空絃。至堯有大章之歌，舜造南風之詩。觀其二文，辭達而已。及大禹成功，九序惟歌；太康敗德，五子咸怨。順美匡惡，其來久矣。自商暨周，雅頌圓備；四始彪炳，六義環深。子夏監絢素之章，子貢悟琢磨之句；故商賜二子，可與言詩。

　　自王澤殄竭，風人輟采。春秋觀志，諷誦舊章；酬酢以為賓榮，吐納而成身文。逮楚國諷怨，則離騷為刺。秦皇滅典，亦造仙詩。

　　漢初四言，韋孟首唱；匡諫之義，繼軌周人。孝武愛文，柏梁列韻；嚴馬之徒，屬辭無方。至成帝品錄，三百餘篇；朝章國采，亦云周備。而辭人遺翰，莫見五言。所以李陵班婕妤，見疑於後代也。按召南行露，始肇半章；孺子滄浪，亦有全曲；暇豫優歌，遠見春秋；邪徑童謠，近在成世；閱時取證，則五言久矣。又古詩佳麗，或稱枚叔；其孤竹一篇，則傅毅之辭。比采而推，兩漢之作乎？觀其結體散文，直而不野；婉轉附物，怊悵切情；實五言之冠冕也。至於張衡怨篇，清典可味；仙詩緩歌，雅有新聲。

暨建安之初，五言騰踊。文帝、陳思，縱轡以騁節；王、徐、應、劉，望路而爭驅。並憐風月，狎池苑，述恩榮，敘酣宴；慷慨以任氣，磊落以使才；造懷指事，不求纖密之巧；驅辭逐貌，唯取昭晰之能；此其所同也。及正始明道，詩雜仙心。何晏之徒，率多浮淺；唯嵇志清峻，阮旨遙深，故能標焉。若乃應璩百一，獨立不懼；辭譎義貞，亦魏之遺直也。

晉世群才，稍入輕綺；張、潘、左、陸，比肩詩衢。采縟於正始，力柔於建安。或析文以為妙；或流靡以自妍；此其大略也。江左篇製，溺乎玄風；嗤笑徇務之志，崇盛忘機之談。袁、孫已下，雖各有雕采，而辭趣一揆，莫與爭雄；所以景純仙篇，挺拔而為俊矣。宋初文詠，體有因革；莊老告退，而山水方滋。儷采百字之偶；爭價一句之奇。情必極貌以寫物；辭必窮力而追新；此近世之所競也。故鋪觀列代，而情變之數可監；撮舉同異，而綱領之要可明矣。

若夫四言正體，則雅潤為本；五言流調，則清麗居宗；華實異用，惟才所安。故平子得其雅；叔夜含其潤；茂先凝其清；景陽振其麗；兼善則子建仲宣；偏美則太沖公幹。

然詩有恆裁，思無定位；隨性適分，鮮能圓通。若妙識所難，其易也將至；忽以為易，其難也方來。

至於三六雜言，則出自篇什；離合之發，則萌於圖讖；回文所興，則道原為始；聯句共韻，則《柏梁》餘製。巨細或殊，情理同致；總歸詩囿，故不繁云。

　　贊曰：民生而志，詠歌所含。興發皇世，風流二南。神理共契，政序相參；英華彌縟，萬代永耽。

　　作者简介：

　　刘勰（约 465 年—约 532 年），字彦和，生活于南朝梁代，文学理论家、文学批评家。汉族，生于京口（今镇江），祖籍山东莒县（今山东省莒县）东莞镇大沈庄（大沈刘庄）。他曾官县令、步兵校尉、宫中通事舍人，颇有清名。晚年在山东省日照市莒县浮来山创办（北）定林寺。刘勰虽任多种官职，但其名不以官显，却以文彰，一部《文心雕龙》奠定了他在中国文学批评史上的地位。

衷心感谢

诚挚感谢我的夫人。

诚挚感谢我的父母。

诚挚感谢我所有的亲人。

诚挚感谢上海三联书店朱静蔚老师。

诚挚感谢上海三联书店张静乔老师。

诚挚感谢正泰昌工作室汪要军老师。

诚挚感谢来到北京之后相识的朋友：王丽军、邓秋平、纪东旭。

诚挚感谢每首诗中相识相聚的朋友。

谢谢你们！

参考文献

①《词学新诠》(加拿大)葉嘉莹/著;北京大学出版社;2008 年 4 月。

②《迦陵论词丛稿》(加拿大)葉嘉莹/著;北京大学出版社;2008 年 4 月。

③《迦陵论诗丛稿》(加拿大)葉嘉莹/著;北京大学出版社;2008 年 4 月。

④《兰窗诗论集》钟敬文/著;中华书局;2013 年 6 月。

⑤《诗论》朱光潜/著;中华书局;2012 年 9 月。

⑥《诗词格律概要　诗词格律十讲》王力;世界图书出版公司;2009 年 第三版。

⑦《千秋一寸心·周汝昌讲唐诗宋词》周汝昌/著;中华书局;2006 年 9 月。

⑧《白香词谱(附)词林正韵》(清)舒梦兰/著,丁如明/评订;上海古籍出版社;2011 年 7 月。

⑨《给孩子的古诗词》葉嘉莹/选编;中信出版社;2015 年 9 月。

⑩《唐诗选(上、下)》中国社会科学院文学研究所/编;人民文学出版社;1978 年 4 月。

⑪《金元明清词选》夏承焘、张璋/编选、笺注;人民文学出版社;1983 年 1 月。

⑫《早归集·知忆》叶离/著;上海三联书店;2016 年 2 月。

⑬《中华一驿》叶离/著;上海三联书店;2014 年 9 月。

⑭《方言笺疏》(清)钱绎/撰集,李发舜、黄建中/点校;1991 年 11 月。

⑮《我们的中国(一、二、三、四)》李零;生活·读书·新知三联书店;
2016 年 6 月。

⑯《逸周书彙校集註(上、下)》黄怀信、张懋镕、田旭东/撰,黄怀信/修
订,李学勤/审定;上海古籍出版社;2007 年 3 月。

⑰《红楼梦研究》俞平伯/撰;上海古籍出版社;2011 年 8 月。

⑱《回真向俗·章太炎国学讲义》章太炎/著;世界图书出版公司;2014
年 1 月。

⑲《叫魂》(美)孔飞力/著,陈兼、刘昶/译;上海三联书店;2014 年 6 月。

⑳《被禁锢的头脑》(波兰)切斯瓦夫·米沃什/著,乌兰、易丽君/译;广
西师范大学出版社;2013 年 3 月。

㉑《常识》(美)托马斯·潘恩/著,余瑾/译;中华书局;2013 年 7 月。

㉒《恶棍列传》(阿根廷)Jorge Luis Borges/著,王永年/译;上海译文出
版社;2015 年 1 月。

㉓《宽容》(美)房龙/著,朱振武、付远山、黄珊/译;上海译文出版社;
2013 年 6 月。

㉔《通往奴役之路》(英)弗里德里希·奥古斯特·冯·哈耶克/著,王
明毅、冯兴元等/译,冯兴元、毛寿龙、王明毅/统校;中国社会科学出
版社;1997 年 8 月。

㉕《自由与繁荣的国度》(奥)路德维希·冯·米瑟斯/著,韩光明等/
译;中国社会科学出版社;1995 年 1 月。

㉖《印度哲学概论》梁漱溟;上海人民出版社;2013 年 9 月。

图书在版编目(CIP)数据

早归集.寒琼/叶离著.—上海：上海三联书店，2019.10
ISBN 978 - 7 - 5426 - 6790 - 8

Ⅰ.①早…　Ⅱ.①叶…　Ⅲ.①诗词—作品集—中国—当代
Ⅳ.①I227

中国版本图书馆 CIP 数据核字(2019)第 206567 号

早归集　寒琼

著　　者／叶　离

责任编辑／董毓玭
特约编辑／张静乔
装帧设计／一本好书
监　　制／姚　军
责任校对／张大伟

出版发行／上海三联书店
　　　　　(200030)中国上海市漕溪北路 331 号 A 座 6 楼
邮购电话／021 - 22895540
印　　刷／上海展强印刷有限公司

版　　次／2019 年 10 月第 1 版
印　　次／2019 年 10 月第 1 次印刷
开　　本／889×1194　1/32
字　　数／125 千字
印　　张／7.125
书　　号／ISBN 978 - 7 - 5426 - 6790 - 8/I·1546
定　　价／48.00 元

敬启读者,如发现本书有印装质量问题,请与印刷厂联系 021 - 66366565